U0921811

清唱

淘漉音乐 主编

我用一整个青春去爱你

每个人心中都有一首粤语歌

北京联合出版公司
Beijing United Publishing Co.,Ltd.

序

青山遮不住 歌从南方来

李广平

一

我出生于粤北一个山区小县城，长到八岁的时候，随父母调动工作到了武江边的一个小镇。这个小镇是一个很美的山村小镇，山清水秀，大河奔流；小鸟欢唱于竹林和松树间，细叶榕和苦楝树枝繁叶茂，浩荡的武江河穿镇而过，一直流向韶关汇入北江，最后汇入珠江直到出海口。小镇最有意思的是有三种语言通行：客家话、粤语和普通话；有一个军用机场，有一个炮兵营；小镇距离县城和韶关各约三十公里。从小我就觉得我们小镇很时髦，不封闭。任何香港最新的时尚衣服潮流动态，小镇都能立刻流行起来，不输给沿海城市。

我的哥哥，一个比我大四岁的返城知青，是当时（20 世纪 70 年代末 80 年代初）的时髦人物：喇叭裤、蛤蟆镜（不撕去进口品牌）、长头发、花衬衫，一样不缺地披挂上身，最重要的是必须手提一部小三洋录音机！录音机里必须有邓丽君、刘文正、许冠杰！感谢我这个哥哥，不仅仅承受了我后来得以免除的各种青春苦难，还成为我很好的流行音乐启蒙老师：因为他，我知道了知青的各种辛酸往事，也知道了返城工作的艰辛以及后来下岗的苦楚、教育的缺失、中年的困厄。当然，我可怜的外语学习和流行音乐知识也来源于这台三洋录音机。

我听的第一首粤语歌曲，就是许冠杰先生的《尖沙咀 Susie》，当时还沉浸在邓丽君温情脉脉爱意绵绵的情绪中，猛然觉得这许冠杰实在是市井得一塌糊涂啊：“尖沙咀 susie 屋企多靓衫，橙沟绿米衬蓝，套套惹火抢眼；佢碰见猛男对眼会猛禁眨，风骚兼销魂乜都笑一餐，默默去 disco 通宵到达旦，搅身搅细都好闲。”我当时就很奇怪了：衣服怎么会“惹火枪眼”呢？想不通；后来看到歌词是“惹火抢眼”这才恍然大悟。许冠杰是第一个把市井语言、英语、古诗词文雅之辞都唱进流行歌曲里的粤语民谣歌手，他既有草根大众游戏人间的烟火俗歌如贴近香港古老土地的《半斤八两》《加价热潮》，也有情深款款让年轻恋人陶醉的浪漫温情清新怡人的《纸船》《印象》等歌曲，后期与张国荣合作的《沉默是金》更是成为粤语流行歌的经典中的经典。当然，陪伴我哥哥和我的《尖沙咀 Susie》是一剂催人猛醒的良药：流行歌曲就是有这样的魅力：用平白如话的自然唱腔，毫无阻隔地走进千家万户，用或时尚通俗或隽永诗意的语言打动人心走进年轻人的心里，让你在四十年后依然记忆犹新不能自已。我不记得我哥哥是否有过逃港经历，反正他是小镇最时髦的一小撮青年之一，他们苦闷彷徨却清醒时髦，忧郁伤感却无从排遣，而标新立异的衣着和邓丽君许冠杰，就成为他们最好的宣泄出口了。

二

二十多年后，当我从深圳罗湖桥跨过去进入香港以后，我感觉从粤语歌听来的香港终于变成活生生的画面了。尖沙咀是九龙油尖旺区的一部分，与香港岛的中环及湾仔隔着维多利亚港相望，是香港的心脏地带；粤语歌很有特色的一点是，把很多地名唱进歌里；而因为粤语在广东省畅通无阻，加上当时对香港电视节目十分喜爱，所以香港流行歌曲也就在整个广东几乎是和香港同步流行了。我站在香港街头感慨万千：这个喧嚣的城市，身边陌生人说的语言却是我从小无比熟悉的话语；湾仔、维多利亚港、红磡体育馆、大会堂演奏厅；皇后大道东、重庆大厦、九龙城、油尖旺、观塘、黄大仙、深水埗，这些在新闻在歌曲在电视剧里面无比熟悉的地名，就这样扑面而来，仿佛是熟悉的老朋友，让人无比的亲切。

是的，许冠杰之后，罗文、关正杰以及后来的谭咏麟、张国荣、梅艳芳就大大方方地进入了我们的世界：1984年，罗文是第一个在广州开演唱会的香港歌手，他演唱的《罗拉》《狮子山下》《红棉》《小李飞刀》《世间始终你好》让人如痴如醉，他精致唯美的打扮，前卫时尚魅惑的妆容，都领时代之潮流；而许冠杰、罗文、包括黄霑先生，都是地道的广州人；1986年，凭借歌曲《几许风雨》，罗文更是到达他演唱事业的巅峰，感动无数热爱或不热爱流行歌曲的人，因为《几许风雨》的人生哲理和生命意识，都超出了流行歌曲的影响范围，成为粤语歌曲的文化高标。

站在香港维多利亚港，看着这灯红酒绿的闪烁，我深深为这座城市惊人的文化魅力所折服：在中西文化的碰撞中，在电影、文学、流行音乐的创作中，这个城市收获了完全不成比例的巨大财富；这里既是东方好莱坞，也是东方的纽约和加州，一个当时只有六百万人口的城市，唱片却可以卖到一百万张，几十家唱片公司争奇斗艳，几百个歌手你方唱罢我上台，每年出产的歌曲数以千计，实在让人惊叹！

20世纪80年代的香港歌坛，真是一页黄金般流光溢彩的时光，金曲纵横捭阖，歌手锋芒毕露；太多的好歌刻印在我们心里，太多的情怀蓄满我们的胸腔；在粤港两地大大小小的歌舞厅音乐茶座，夜夜笙歌，金曲绕梁。“狮子山下”，武侠剧方兴未艾，维港码头，唱片公司把舶来的日本曲子、韩国曲子、欧美曲子填上粤语歌词，借助谭咏麟、张国荣、林子祥、徐小凤、梅艳芳、李克勤、张学友、陈慧娴等天生的香港好声音源源不断地推出；一个歌手的演唱会可以开上一个月，每年的颁奖典礼座无虚席明争暗斗喝彩不停；啊，那是一个“好歌献给你”的时代，那是一个“千千阙歌”的时代，东方之珠，我的爱人，你的风采，已经唱给了全国人民，你的神韵，已经刻进历史的记忆。

三

而因为许冠杰的流行，广州以及整个珠江三角洲地区的音乐青年也受到了启蒙：原来弹吉他这么风骚（帅），原来夹Band（组乐队）这么有型！有电声乐队伴奏的音乐茶座开始在广州流行，而广州第一代流行歌手和音乐人就此诞生：有“广州罗文”称号的李华勇是第一个在广州开演唱会的广州本土歌星，他原来是个粤剧演员；其后，陈浩光、张燕妮、王强、唐彪、安李、曾咏贤、刘欣如、廖百威、汤莉等“茶座歌手”和录音带歌手纷纷涌现，随着太平洋影音公司和中国唱片广州公司录制出版的磁带走进千家万户。他们最早都是翻唱香港和台湾歌曲的影子歌手，从1985年以后才开始原创歌曲的录制。广州最早的一批优秀的音乐创作人，也是从扒带子学编曲进入流行歌坛的：李海鹰、王文光、毕晓世等人，就是其中的佼佼者；而香港音乐人黄霑以及卓越的吉他演奏家苏德华就是这时候经常过来给广州的音乐人传经送宝。

我记得，黄霑大师是最早为国人所知的香港音乐人，当然是因为他那首红遍全中国的《我的中国心》了。那时，他几乎包办了香港当时武侠剧的大部分主题曲和插曲，忙得焦头烂额。他常常是录音到天亮，然后第二天带着他的招牌大笑声和口水花喷喷的形象就来到广州给我们开讲座，他的经典话语我至今记忆犹新：“流行歌曲是商品啊，要拿来卖的！不好卖的歌曲不是好歌曲！歌曲要有我们中国人的文化特质，中国人要写中国人的歌！编曲很重要啊，编曲要给很多钱的！不要吝啬制作费啊！”可以说，他的大黄牙和一根接着一根的香烟，以及他对餐馆美女服务员说的“不要给我酱油了，我已经够黄够咸湿了”和他的《沧海一声笑》《上海滩》《男儿当自强》《倩女幽魂》等名曲一起，永远记忆在我的脑海里，浪奔浪流，潮落潮起；黄霑就是香港，香港就是黄霑，当我走在香港街头，看着渡轮远去，浪花飞舞，想起黄霑大叔的音容笑貌，不禁常常出神，不知今夕何夕。

我的朋友邓伟标，歌唱水平至今停留在80年代粤语歌的氛围里；他唱国语歌惨不忍听，一唱起粤语老歌，就像换了一个人，神形兼备，气韵飞扬，一把吉他更是人琴合一，如入无人之境；我听到他唱起粤语老歌，就感觉他真是粤语歌的孩子，亲切自如，歌神附体；一问，这家伙果然数次逃港未成，要不然我又会增加一位爱国港商朋友，若干年后夹着钱包回到广州。他就是广州第一批拿着吉他在街边“抠女”的音乐青年啊，还好，他后来走上正路，开始写歌；我和他后来的音乐创作，基本上都是先有曲子再填词成歌，很有港味的创作模式。去年我回到广州，恰好许冠杰来开演唱会，我问阿标去吗？他说不去了，不忍心听“老人家”唱歌，还是留下一个风流倜傥的许冠杰在心中吧。他说得如此有道理，我竟无言以对。

四

1985年，我大学三年级。我记得我们在中山小榄镇进行教学实习。

这个小镇，是珠三角改革开放以后迅速发展起来的一个异常富裕的小镇，最大的特色是家家几乎都有电器加工厂，家家都有一个亲戚在香港！我的学生，全部都是香港流行歌曲的爱好者，他们都成了我对香港歌坛最新歌曲的传播者，常常为谭咏麟深情还是张国荣酷帅争吵不休；有一天深夜，我忽然听到街头巷尾传来一首歌曲，是谭咏麟演唱的《雨夜的浪漫》，把我情窦初开的心一下子击得粉碎，整个人被拉进那无可救药的浪漫深情中：“留恋于夜幕雨中一角，延续我要送你归家的路，夜静的街中歌声中是一个个热吻，谁令到我心加速跳动。Fantasy 喜悦眼泪你热力似火，Fantasy 享受现在这滴下雨水，多么多么需要你，长夜里不可分开痴痴醉，跳进伞里看夜雨洒下去。”这是谭咏麟《爱情陷阱》专辑中的一首歌；《雾之恋》《爱的根源》《爱情陷阱》是谭校长的爱情三部曲，几张专辑下来，风靡整个香港，并向内地渗透。

多年以后，面对这首歌曲的作者向雪怀先生，我永远不会忘记，听到《雨夜的浪漫》这首歌曲的夜晚是多么的迷乱迷醉迷茫，多么的狂热狂妄狂想；情歌可以美化人的记忆，让你感觉自己的青春，原来也没有那么灰暗，没有那么单调，没有那么不堪。我始终认为，情歌真是刻骨铭心的彩色记忆，当时那蓝色与绿色交织的画面，我感觉触手可得，当时那些学生和上课时怯生生的场景，也因为这首歌曲而栩栩如生起来；感谢您，向雪怀先生，你和你奏响的《月半小夜曲》，里面蕴含了无数《听不到的说话》，在《雨夜的浪漫》中，我们遇见《难得有情人》，这些《朋友》不是《迟来的春天》，是我们《一生不变》《哪有一天不想你》的生命记忆。谁能说，我后来走上歌曲创作人之路，没有这些老朋友的滋养和帮助呢。

后来，因缘巧合，我毕业以后被分配到星海音乐学院工作；我最早的一批乐评文章，就是在《粤港信息报》开设了一个专门研究品评粤语填词人的专栏，我开始收集资料撰写关于香港流行歌曲创作的现状与历史的文章，对黄霑、卢国沾、郑国江、向雪怀、林振强、陈少琪、潘伟源、潘源良、林夕等词人开始逐一点评，收获良多。也正是在对粤语歌的研究中，我发现，我们广州音乐人创作粤语歌，也许永远写不过香港人，因为他们的创作机制和商业机制都非常成熟，他们的填词技巧出神入化，他们的旋律采取拿来主义和自创结合，他们对现代都市文明的理解亲近切身体会，对都市人心理幽微曲折千变万化的各种表达方式，都比我们更为深刻和成熟；而这些，我们当时都不具备或无法体会；因此，我们只有利用我们新颖的观念，去创作普通话歌曲，面向全国市场，唱响岭南流行音乐的品牌，才有饭吃！这是广州音乐人的共识。记得黄霑大师也很欣赏我们的想法，他曾经说过：有李海鹰、有陈小奇、有王文光这样的人才，广州歌坛有希望！这，也许是作为我们老师的香港歌坛大师，对我们最大的肯定与鼓励。

说到创作，我的代表作《你在他乡还好吗》也和香港人有关系：这首歌曲的录音编曲，就是在香港永声唱片公司的老板黄怀钦先生当时设在广州东山农林下路的一间别墅里的录音棚录制的。说起阿钦，他也是个对中国原创流行音乐做出过卓越贡献的人：他是最早进入内地，在佛山南海开设磁带厂和录音棚的港商，是他第一个引进了侯德健先生的专辑盒带，他当时生产了大量录音带，把台湾、香港的歌星磁带引进内地发行，哺育了一代饥渴中的流行音乐爱好者啊！他还把《一无所有》《血染的风采》等内地原创歌曲推向香港市场，引起阵阵波澜，功莫大焉！可以说，他对现代化的流行音乐的生产制作流程和商业流通机制的传播，从另外一个方面启发了我们对流行音乐的认识，完善了我们的理念。

五

2016 年 5 月，我再到香港，此时的粤语歌浪潮已经渐行渐远，一个时代落幕了。我的大学同学，优秀的香港童书女作家甄艳慈，在铜锣湾带着我一家家书店慢慢逛，还进了几家极其狭小的唱片行；可以说，和十年前相比，唱片已经成了古董，而关于香港流行音乐研究的书籍，我也寻觅无踪，颇感惆怅；甄艳慈同学领着我坐上古老的叮叮车，在香港岛穿梭往来，在这个全世界租金最贵的地段，一路慢慢领略香港五颜六色风格奇异的街景，然后到中环各种炫人耳目的购物广场再到码头，坐船到达九龙尖沙咀香港文化中心大剧院；这时天色慢慢暗下来，回首看去，对岸一片金碧辉煌灯火璀璨，在海浪的倒影下波光粼粼海天一色，就像粤语歌的黄金年代一样，明亮闪烁在记忆的远方；粤语流行金曲那独特的韵律与魅力，依然让我陶醉而温暖，迷糊而魂牵梦萦，仿佛一杯美酒，喝下去你就回到青春年代，那些疯狂的羞愧的迷茫的清晰的鄙陋的优雅的记忆，慢慢浮上心头，挥之不去。

走在北京街头，我偶尔会听到街旁的美容美发屋传来熟悉的粤语歌声，驻足聆听，原来是陈奕迅的《浮夸》，是谢安琪的《喜帖街》，是王菲的《百年孤寂》；是的，近十年来，能够漂洋过海到达北方的粤语歌，实在是寥寥无几；而更北的北方如新疆等地，粤语歌更是无人聆听，不像二十年前，一个 Beyond 乐队就让无数的内地青少年如痴如醉，谭咏麟、张国荣、张学友、梅艳芳、刘德华更是传奇般的存在，俱往矣，数风流人物，还听八九十年代。

是的，每个人心中都有一首粤语歌，内地不乏对粤语歌一往情深者。我的朋友，天津的电台DJ翟翊，就是一个粤语唱片的收藏奇人，他每个月几乎都会去香港收集唱片，他以一人之力，自己制作了“粤语歌百张经典唱片”的节目在电台和网络播出，我每次聆听，都会出神，像他这样的痴迷粤语歌者，我身边还有多少？感谢老白，感谢“淘漉音乐”编辑这本图书，让广大的沉默的粤语歌爱好者有了倾诉的出口，有了抒情的天地，来吧，我们一起歌唱，用美好的粤语歌，唱出我们的青春岁月，唱出我们的生命挚爱。

2016年9月10日，北京

（李广平：中国著名流行音乐制作人，歌曲作家；代表作有《你在他乡还好吗》《潮湿的心》《爱是奇迹》《乡愁大理》等）

目录

因你今晚伴我唱

来日纵是千千阙歌，飘于远方我路上，来日纵是千千晚星，亮过今晚月亮，
都比不起这宵美丽，都洗不清今晚我所想，啊……因你今晚共我唱

千千阙歌・光辉岁月・富士山下・不再犹豫・永远爱着你・容易受伤的女人・奇洛李维斯回信・万水千山总是情

岁月长，衣裳薄

原来过得很快乐、只我一人未发觉；
如能忘掉渴望，岁月长、衣裳薄。

石头记 · 钟无艳 · 一生所爱 · 红日 · 再见二丁目 · 铁血丹心 · 海阔天空 · 下一站天后 · 漫步人生路

等一颗葡萄熟透

我知日后路上或没有更美的邂逅，但当你智慧都酝酿成红酒，仍可一醉自救，谁都心酸过，哪个没有。

似是故人来

同是过路、同做过梦、本应是一对，
人在少年梦中不觉、醒后要归去。

因你今晚伴我唱

来日纵是千千阙歌，飘于远方我路上，
来日纵是千千晚星，亮过今晚月亮，
都比不起这宵美丽，都洗不清今晚我所想，
啊……因你今晚共我唱。

因你今晚伴我唱

_ 林特特

1998 年的春晚，红了《相约九八》。

寒假过后回学校，毫不夸张地说，拖着箱子走的一路上，处处都能听到“心相约，心相约”。

没多久，开会，开“浪淘沙”晚会的策划会。

毫无悬念，《相约九八》被定为压轴歌，在全系范围内公开选角，我推荐了宿舍老三。

老三的声音空灵、清冽。

她最爱唱王菲的歌，每晚，我们都伴着她的歌声入眠。

两年一次的“浪淘沙”是历史系的大事，公开选拔日，“演员”和“评委”们聚在阶梯教室。

老三一亮嗓子，全场就静了，随之，是经久不息的掌声。

得到同样待遇的还有大四的李岳，她的声音沙哑些，文艺部部长说：“你俩，一个唱王菲，一个唱那英！”

接下来，是筛选各班送上来的节目，有的还只是创意。

节目定完，文艺部的同志们留下来开小会。

找排练场地、请老师、买道具、借演出服，合唱要落实到每个班出多少人……

各人领命，会议结束时，繁星满天。

从此，每日晚饭后，大家便去歌舞升平。

老三不矮，但李岳太高，为了达到视觉上的平衡，李岳吩咐老三：“去买一双 10 厘米以上的高跟鞋！”老三哭丧着脸，她是打篮球出身，平时只穿球鞋。

一遍遍练习，一开始不是这个起高了，就是那个忘词了；后来便总是笑场，终于有了默契，竟有创新：李岳唱“相约在甜美的春风里，相约在那永远的青春年华”，老三便做辅声：“来吧，来吧！”第二回合反之。唱到第 30 个晚上，简直臻于完美，隔壁的曲艺、舞蹈同仁闻声而来，挤在门口纷纷鼓掌。

那天，我们去吃夜宵，在学校旁边的宿松饭店，满满当当坐了两桌。

已是四月，我穿了一件毛线裙，胸口堆着绒花，老三还穿着球衣，李岳吓唬她：“上台那天，你要露！”说着，便用指甲划老三的脖子、后背：“这里，这里……”

席间有一明一暗两对情侣，王凝及其男友是明，他们分别是《好日子》的男女领舞；周琪和孙丽是暗，这次演小品，大家都说，那层窗户纸即将被捅破。

啤酒喝了一瓶又一瓶，李岳忽然说：“这是我最后一次参加‘浪淘沙’了。”

节目越来越像样，我们又开了几次会，逐一解决音效、化妆、主持人的问题。

走两次台，最后一次是带妆彩排。

彩排前，老三拎着长裙摆，踩高跷一样蹬着高跟鞋，围着寝室长桌先练了几圈。

正式演出那天，王凝的脚崴了，她带着伤跳完《好日子》，她的男友举着她下台，她单手呈迎客松状，观众们还以为这是特意设计的。

黄梅戏《打猪草》很受欢迎，因为所有的人都会唱；时装表演结束，文艺部部长擦把汗，他总怕报纸被姑娘们不小心撑破。

周琪演一个失足少年，孙丽演老师，最后，周琪给孙丽跪下了，台下，有人起哄：“求婚吧！”

当然，最引人注目的还是《相约九八》。

散开马尾，戴上花冠，穿白纱裙的老三宛若仙子。

李岳也很美，盘着头发，扬着下巴，像一只骄傲的黑天鹅。

观众们鼓掌鼓得要疯了，最后，全体起立，口哨频起，要求返场。

只好返场。

没有准备合唱的歌曲，只能一人独唱一首。

老三还是唱王菲的歌，轮到李岳，她唱道：

“徐徐回望，
曾属于彼此的晚上。”

没想到她唱得那么好，台下原本沸腾的观众安安静静。

“来日纵是千千阙歌，
飘于远方我路上。
来日纵是千千晚星，
亮过今晚月亮。
都比不起这宵美丽，
都洗不清今晚我所想，
啊……
因你今晚共我唱。”

柔黄的灯光自舞台顶部射下，洒落在李岳的身上。

唱罢，她深深鞠了一躬，头也不回，潇洒地离去。

幕后人员迎向她、祝贺她，而她抱住老三，哭花了妆。

我一直站在红色幕布旁，这时，气球、彩带在半空飞舞，主持人宣布，晚会到此结束。

十几年后，在北京，校友聚会，我遇到王凝，她在一所高校，已是副教授。

我们交换了所知故人的下落，稍后，去KTV，王凝点歌，光看歌单，师弟、师妹们就笑着说：“太老了。”

是啊，太老了，都快进入2014年了，我们竟然还在唱《相约九八》。

很自然地，歌声里，我说起“浪淘沙”，说起那时，我们光是扎堆，就很快乐。

繁星满天。

四月的毛线裙，排练后，沁着薄汗。

摆放着黄色斑驳桌椅的阶梯教室，一抬头，窗外一壁爬山虎。

还有站在舞台中央鞠躬、谢幕的李岳。

我终于明白，她为什么哭花了妆，我为什么念念不忘。

我们在最美好的年华相遇，因一件事团结一心，看着它从无到有，慢慢变好，在其中感受激情、努力、认真、协作、友爱，然后，青春散场。

真的，此去经年，听过的《千千阙歌》，也抵不上那晚的绝唱。

重逢时，你的光辉岁月里已不再有我

_远 子

失业一个月后，我打电话给一个婚庆公司的朋友，问他需不需要兼职。他说刚好这周末有一个婚礼，地点在中国大饭店。

我之前做过几次婚庆。工作内容很简单，主要是在婚礼正式开始之前，做一些准备工作：布置舞台，铺地毯，撒花瓣，装泡泡机（婚礼过程中不时按一下，机器就会冒出很多五颜六色的气泡），贴囍字，系椅背纱，摆放相框，还要放好盖碗茶杯，假酒（葡萄汁或可乐，新郎新娘用它去敬酒），火柴，签字笔等。

婚礼的过程几乎是一模一样的。新郎新娘表白的内容基本上都是“你是我的玫瑰，你是我的花，你是我的爱人，是我的牵挂”，而主持人的笑点主要集中在“生娃”上，他要求新郎把求婚的一幕在舞台上重演一遍，这个时候，他总是笑着强调说：“那么，我们都知道，北京有一个习俗，左膝跪地生男孩，右膝跪地生女孩，双膝跪地生双胞胎，双膝跪地抱大腿生龙凤胎。我们来看新郎会做何选择？”

婚礼过程中我是灯光师，也就是说我要站在开关旁边，配合音响师傅开关灯，以营造出浪漫的气氛。整个婚礼是如此单调和乏味，以至于我经常幻想着在新郎和新娘说完“我愿意”之后，会有一个人从门口冲进来大喊一声：“我反对。”然后像电影《毕业生》的结尾一样，那个人会牵着新娘的手冲出去。当然这个情节从来没有发生过。就像我家隔壁的老张曾对我说过的那样：我们的生活没有剧情。

可是我错了。我真不应该发出这样的感慨。生活这场大戏背后的导演，为了弥补我的遗憾，生生地把我推进了眼前的这场戏中。

同以前一样，当我关掉大厅里所有的灯后，在射灯的照射下，新娘在父亲的陪同下缓缓入场。那一刻，我竟不敢相信我的眼睛，新娘居然是我的初恋情人晓雯。虽然她的烫发、假睫毛、粉底、口红、耳环、项链和低胸婚纱让她看上去和以前很不一样，但我还是一眼就认出了她。

这么说，我刚才在厕所边上看到的那个人，真的是她的闺蜜周萌萌了。我刚才还以为只是碰到了一个跟她长得很像的人。

我最后一次跟周萌萌联系是在两年前。

两年前，我听说晓雯来了北京，特意向周萌萌要来了她的手机号。

“怎么？你想跟她复合？”周萌萌开玩笑地问。

“哪有？老同学嘛，联系联系。”她猜中了我的心思。

之后，我约晓雯出来玩了几次，我们一起去爬了香山，游了颐和园和北海公园。她没有变，还是和以前一样乖巧和可爱。我真后悔当初向她提出了分手。我们在不同的城市上大学，谈了两年的异地恋。

不过，庆幸的是，我能感觉得到她对我依然充满了好感。于是在一番深思熟虑之后，我决定再次向她表白。

“喂，晓雯，你明天休息吗？”

“休息呀。”

“我明天去你那儿找你玩儿吧？”

“好……好呀。”

我买了九十九朵塑料玫瑰花。七年前，我们快要参加高考时，我在学校门口买了九朵塑料玫瑰花送给她，还在花里塞了一张纸条：这些花是不会凋谢的，如同我对你的爱。我永远忘不了她看到藏在课桌里的玫瑰花时的表情，她笑了。我无法描述这样的笑容，这样的笑容在一个人的一生之中只会遇到几次，而有的人可能一辈子都遇不到。

五年前的一个寒假，我们几个高中的好友一起去她家里聚会，当我路过她的卧室，瞥见她的床头柜上还放着那九朵玫瑰的时候，我的心一下子融化了。那时候我已经在盘算着分手的事，但看到那些花儿之后，又过了一年，我才最终提出分手。

“为什么？”她问我。

“因为我很了解我自己，我不能对你承诺什么。如果我在另一个空间或时间遇见你，结局也许会不一样。”

瞧，我那时候就是这么装，连分手的时候说的都是王家卫电影里的台词。

当然，这些都过去了。我要重新开始。当我手捧着九十九朵玫瑰花，站在公主坟地铁站出站口时，我就是这么想的。

“晓雯，我已经到了，在地铁口。”

“我马上过去。”

她一挂掉电话，我的心就提到了嗓子眼。我不知道她会从哪个方向走过来，所以一直左顾右盼。我站在地铁口，仿佛站了好几十年。终于，她出现了。我兴奋地朝她走去。

可就在我快走到她面前时，我才发现迎面走来的不是她，而是一个跟她长得很像的路人。那个路人用非常奇怪的表情看了我一眼。感觉像又过了好几十年，她才姗姗走来。

“你好慢呀，快急死我了。”我笑着对她说。

“你买花干啥？”她用诧异的眼神看着我，“不会是……”

“嗯，你猜对了。你觉得怎么样？”

“快十二点了，先吃饭吧，”她没有正面回答我，“就在家里做点吃的吧？”

“好啊。”

我跟着她走到了菜市场，她买了鸡肉、土豆、胡萝卜和咖喱。她说她新学会了做咖喱饭。我没好意思告诉她我非常讨厌吃咖喱饭。

“哇，这花好美啊！”卖菜的阿姨对我说。

阿姨憨厚的笑容增加了我的自信，我确信我能够成功。

“你还没有告诉我，你愿不愿意呢？”在她做咖喱饭的时候，我问她。

“吃完饭再说吧。”她头也不回地说。

其实当时的种种迹象表明，她肯定会拒绝我。然而，我却没有意识到，还痴痴地等着她说，我愿意。

吃完饭，她跟我说了很多，说来说去，无非就是想对我说，我们俩在一起不合适。当时我整个人都蒙了，完全听不清她在说些什么，只看到她的两片小嘴唇像蝴蝶的翅膀一样轻快地张合着。

“以后还是朋友啊！”临走送我去地铁站时，她说。

“那当然！”我强颜欢笑道。之后我们都陷入了沉默。

我们看到有人在她住的小区门口的花坛上晒被子，也许是为了缓解尴尬的气氛，她说：“你知道吗？很多人说晒过的被子会有阳光的味道，但其实那味道是被阳光杀死的细菌尸体散发出来的气味。”

“不会吧？”我话锋一转，“也是，真相往往是残酷的。”

她尴尬地对我笑了笑。

我怀着无比沮丧的心情走进了地铁。就在这个时候，我在地铁上碰到了我的高中同学杨一。一开始我假装没有看见他，可他最后还是发现了我。

“是你呀，什么时候来的北京？”我装作很兴奋的样子。

“昨天来的，我来北京出差，只待三天就走，所以都没有跟在北京的同学联系。”他解释道。

“听说晓雯也来北京了，你们有联系吗？”他偏偏哪壶不开提哪壶。

“没联系。”我斩钉截铁地回答说。

“唉，你们怎么分手了呢？”他叹息着说，“我们都为你们俩感到惋惜啊！”

我感觉我演不下去了，便在挥手告别后，提前下了地铁。

自那以后，除了偶尔发发节日祝福的短信，我和晓雯再也没有联系过。后来，连节日祝福短信也不发了。我工作得很不顺心，最终提出了辞职，下一家公司还没有找到，我打算先找点兼职做做。就这样，我遇见了她。

这时候，她已经站在舞台中央了，接下来的环节新郎要送给新娘一个神秘礼物。当新娘解开裹在礼物上的红布后，她会发现那是一个地球仪。那玩意儿是婚庆公司托我去买的。天杀的，送礼物这点诚意都没有。

“一会儿我们英俊的新郎会转动这个地球仪，然后美丽的新娘子要做的是，用一根手指停住这个转动的地球仪，新娘手指停留的地方将会是他们去度蜜月的地方。这就是新郎的神秘礼物。很用心，也很别致！”主持人滔滔不绝道。

晓雯的手指停在了南非。我不得不说，这场戏背后的导演太残酷了，他居然让他们去南非度蜜月！

“这首歌叫《光辉岁月》，是黄家驹写给曼德拉的。”那时我非常喜欢 Beyond 乐队，经常在早自习背书时，唱黄家驹的歌给她听。

“曼德拉？好熟悉。”她眨着她的大眼睛对我说。

“他是南非的第一位黑人总统。黄家驹写这首歌时，他还在监狱里。”那时候的我总是好为人师。

“那他写了，曼德拉也听不到。”

“嗯，也是。不过，也许哪天我们可以一起带着这首歌去南非，让曼德拉听到。”

“好啊。”

就这样，我爱上了南非这个国家。上大学时，还找了很多关于南非的书来看。然而，现在，一想到他们要去南非度蜜月，我开始恨这个国家了。

当他们在主持人的鼓励下，在漫天飞舞五颜六色的气泡下拥吻的时候，我真想冲上前去，大喊一声“我反对”，但那样做又有什么用呢？我早就该面对现实了。这一切都过去了。这一次是真的过去了。

“嘿！该开灯了。想什么呢？快开灯！”婚礼的场督冲我喊道。

迷失在《富士山下》

_ 王小雅

在我生命的前二十年里，其实富士山与我并没有什么交集，樱花的绽放和飘落也只是风中一景，于我也没有任何特定的含义。可是，十年前的那个六月，在远的大学毕业前夕，他的姨妈不顾他的反对，帮他办理了赴日本留学的手续，因为远从小是由他姨妈带大的，也只好听从她的安排。

我比远晚两年毕业，离别前说好了他会在富士山下等我，然后一起去看雪国的白雪皑皑，一起看伊豆的樱花飞舞，再一起去北海道看薰衣草，一起去感受京都的古色古韵和风情万种，以后再也不分开。

那天我依依不舍地看着他乘坐的航班远去，泪流满面，不知道一个人如何面对分离的这些日子……就这样，我的生活和梦里开始频频描摹着富士山的春夏秋冬和雨雪风霜，那个遥远的国度成为我每时每刻魂牵梦绕、纠缠不清的牵挂。

喜欢粤语歌曲也是因为远的熏陶，远是广州人。他喜欢音乐，经常在走路的时候也塞着耳机听歌，就是因为一次他听歌太专注，走过我身旁的时候，不小心把我手上的书本碰掉撒了一地，他慌忙摘下耳机，弯腰帮我捡起满地的纸张，由此这样我们俩才认识，和很多剧本里的情节极为相似，在这以后我们开始相恋了。

孤独的夜里我常常魂不守舍地守在电脑旁，听着我们从前喜欢的歌，等着远有空的时候聊几句天，以解彼此的相思之苦。听歌也能缓解心痛和相思，对无可救药的想念也有一点点疗效，因为歌声可以让周围的空旷显得稍稍拥挤一些，让寒冷的冬天可以变得温暖一些，歌声也可以用来熨帖一下空落落的心田。有时候通过网络和远一起听、一起唱从前熟悉的老歌，心瞬间被融化了，感到甜蜜的同时，隐隐的相思之痛在夜深人静之后，还是会穿透骨髓一阵阵袭来。

离别的日子里，每每潜入我梦里的不是白雪覆盖了的富士山，就是樱花如雪飘落在肩头的画面，我和远即将走到一起相拥的时候，梦忽然就醒了，感觉好残酷，然后思念的泪水悄悄滑落，打湿了枕巾。电话里、网络上我常常会对他诉说想念，会对着他无可奈何地流泪，他同样也是那么心疼地看着我，却无法给我一个真实的拥抱。那天他发来陈奕迅的这首《富士山下》的链接，我并未多想，因为他喜欢的粤语歌一定会与我分享。

远走后第一个春天，玉渊潭的樱花开了。仿佛是一夜之间，所有的蓓蕾一起醒来，白的似雪，粉的若霞，流光溢彩，宛若俳句，美不胜收。远在的时候周末他会带我去公园看樱花，暮色中，樱花漫漫，花开绚丽。而如今只有我自己感受着微凉的风，看那些柔弱的花瓣在风里轻轻飘落。细碎的阳光透过花朵和枝叶投射在我的脸上、身上和发梢，有种恍若隔世的感觉。不经意地抬头，满目繁花，层层叠叠，似云似雾，氤氲着淡淡的幽香，心中却叹息着，这么美的花开最终也只能枯萎。不忍樱花独自飘零，随手收集几片花瓣，让它在我的记忆里留下淡淡的香。

就在那个独自去看樱花的周末，远和我提及分手的事。他说与其这样饱受两地相思之苦，不如放了彼此各自自由地去飞，或许不久就会找到一个同样对我好的男孩，说不定就能够很快忘了他。那时候他视频里循环播放着陈奕迅的这首《富士山下》，他说这首《富士山下》就是替他在诉说心声，他说人的生命就像这樱花一样太过短暂，为了他耽误我两年最美的年华，太奢侈了，他感到太抱歉，让我放下爱，忘了他，开始新的生活。那以后不久，远开始拒绝和我视频和我电话，偶尔 QQ 上说一句无关紧要的话。

几个月以后便彻底失去联络，他的电话再也打不通，QQ 头像再也没有亮起，他的同学也都联系不上他，国内他也没有一个亲人，他就像人间蒸发了一样，失去了消息。我又急又气又伤心，竟然一病不起，我多想爬起来去日本找他问个清楚，可是我竟连睁眼的力气都没有，家里人也为我的病愁得不行，检查结果对我都缄口不提，讳莫如深。刚好这个时候我从小玩到大的闺蜜晴，不久要去东京参加中日友好文化交流的文艺演出，她看我的样子实在不忍心，悄悄对我说：“风儿，你要好好的，我马上去日本把远给你抓回来！不管怎样，我会让他给你一个交代。”在晴去日本演出的这段时间里，也许是我心有所期待的缘故，我竟然奇迹般地好了起来，每天耳边循环播放着那首《富士山下》，等着远的消息。

可是晴却迟迟不来见我，找各种托辞一推再推。我给她下最后通牒，最终她还是来了，开始遮遮掩掩地替远打着掩护，我骂她叛徒，是不是被远给收买了？她终究敌不过我的执着，只好忍痛打开电子相册，我一眼看到一座墓碑，上面是远的照片，含笑、含情凝望着我……远，你怎么这样？说好了等我，却不守诺言！

晴在日本辗转找到了远的姨妈得知了实情，远刚到日本不久，就生病了，消化道出血，怎么也查不出病因，也找不到出血点。他的病情发展很快，以至于都无法走路、无法吃饭，一切都要靠别人伺候，他痛苦的是再也不能给我一个幸福的未来。姨妈说远消瘦的样子让人心疼，而且每说一句话都虚弱得不行，打字更是困难，所以他才拒绝和我的一切联络。

我忽然明白他给我听《富士山下》的用意，他分明是借这首歌温柔地劝导我，放下吧，别悲伤。爱一个人，就像爱这座富士山，你看到，却无法拥有，他的世界你来过，就足够。第三个春天，他受尽了所有的折磨，最后终于像婴儿一样睡着了，在梦里变成天使，飞向那座美丽的天空之城。富士山的樱花，那么绚烂，那么凄美，让人流连和想念，远对我说过樱花开到极致的时候，也便是它生命飘零的时刻，原本一朵朵灿烂至极的花儿，如同一张张绚丽的笑脸，一阵风儿吹过，便如同雪片一样凋落了。

记得《浪漫樱花》里，张柏芝曾经对郭富城说：爱情分两种，一种是松柏型的，细水长流，绿树常青；一种是樱花型的，璀璨至极但瞬间即逝，你选哪一种？郭富城当时没有回答，但最终他在明治神宫前为自己争取了一次樱花般绚丽的爱情。他对张柏芝高声说：你不是问过我一个问题吗，我现在有答案了，我选樱花！樱花一样浪漫的爱情，今生能遇到一次，即使也如樱花一样很快飘零，也不失一种美丽。就像我和远的爱情，那么短暂，让人心生忧伤，甚至还来不及忧伤，便如樱花一般四散飘落了，一片片花瓣，仿佛谁的眼泪。但转念一想，如果也像樱花一样盛放过、爱过，人生还有什么缺憾呢？

常常梦到远唱着这首《富士山下》，和我漫步在樱花树下，绯红的花瓣映着他苍白的笑容，“曾沿着雪路浪游，为何为好事泪流，谁能凭爱意要富士山私有。”相爱是一件美好的事情，为何泪流？爱过就足够……“忘掉我跟你恩怨，樱花开了几转，东京之旅一早比一世遥远。”那画面是一剂疗伤的良药也是记忆中的一种暖，但更是生命里的一种刻骨的疼，永生永世的疼……

心底梦想的世界，从未失去

_向 暖

1

十八岁那年，一个炎热的午后，我站在街角一家商店的门外等姗姗，那家店里，循环播放着一首歌，一首我熟悉的粤语歌，Beyond 的《不再犹豫》。

“无聊望见了犹豫，
达到理想不太易，
即使有信心，斗志却抑止，
谁人定我去或留，
定我心中的宇宙，
只想靠两手向理想挥手……”

熟悉的旋律，熟悉的歌词，熟悉的心潮澎湃的感觉，这是我和姗姗最喜欢的歌。

还记得，晚自习后，夜色正浓，我们拖着疲惫的双腿往宿舍走。

姗姗牵着我的手，忽然哼起这首歌，后来轻哼变作低吼，我也跟着唱起来，“问句天几高，心中志比天更高，自信打不死的心态活到老……”吼了几句，似乎疲惫都被释放，压力得到了宣泄，又有一股力量奔我们而来。

还记得，周末，我们从作业堆里挣扎出来，骑着单车，去音像店买磁带。Beyond 的磁带我们都攒了很多，我的都被放在一个方纸盒里，需要透口气的时候，我就拿出来听。可是每次走进音像店，看到 Beyond 的磁带，还是爱不释手，忍不住想买。回来的路上，我们每人兜里都装着一盒磁带，我们迎着风蹬着单车，忽略路人的目光，一起高唱：

“我有我心底故事，
亲手写上每段，得失乐与悲与梦儿，
OH……
纵有创伤不退避，
梦想有日达成，
找到心底梦想的世界，
终可见……”

那时候我们疲惫，却充满斗志，那时候我们为赋新词强说愁，却也没有十足的烦恼。我们都期待我们梦想的世界，有一天终可见。

可是这个午后，Beyond 的声音听起来那么沧桑，熟悉的旋律，熟悉的歌词，却带来陌生的忧伤。那时那刻，站在那个街角，听到那首歌，我的心被伤感包裹。我觉得，我正走在梦想丢失的路上。

我刚刚参加完高考，分数并不理想，离我喜欢的学校、喜欢的专业差着十万八千里。为了保险起见，家里人建议我报考师范。在那之前我并没有想过当老师，我的人生理想是当个作家，写几部传世之作，而不在那三尺讲台。

那几天，我的心都被失望、自责、迷茫占据，任何的旋律，在我听来，都夹杂着悲伤。

Beyond 还在唱，“纵有创伤不退避，梦想有日达成，找到心底梦想的世界，终可见……”可是我的梦想呢，我还能实现吗？它不是正在跟我渐行渐远吗？

这时候有人拍我的肩，姗姗来了，她穿着漂亮的白裙子，午后的微风吹动她的裙摆，很动人。我知道姗姗是快乐的，虽然为了配合我的心情，她极力掩饰自己的开心，从不宣泄内心的喜悦。喜欢音乐的姗姗考取了我们省一所艺术院校的音乐系，她说她的下一个目标是考取知名音乐学院的研究生，她想做一名歌手，她要一步步实现自己的音乐梦想。姗姗很漂亮，又有一副好嗓子，我想，她未来会是一个出名的歌手，一颗冉冉升起的明星。我为她高兴，但是也为自己黯淡的前景伤心。

姗姗忽然搂住我的肩膀，跟着商店里的音乐一起唱：

“问句天几高，心中志比天更高，

自信打不死的心态活到老……”

她的声音真好，连店主都探出头来冲我们微笑。店主是个寡言的中年人，开这家店好多年了，卖日用百货，他好像很喜欢Beyond的歌，经常在店里放。

后来姗姗对我说：“别伤心，我们只有十八岁，未来有无限可能，只要努力，有一天，我们都会实现我们的梦想。”

2

二十三岁那年的一个午后，我站在姗姗家楼下等她。

那会儿正值暑假，我不用上班，因为遇到了一点烦心事，我要找姗姗倾诉。

就在上个月，我家搬家，当时因为学校里正在紧锣密鼓备战期末考试，我这个刚刚当了班主任的老师分身乏术，就没有回家帮忙。等我回来的时候，新居已经收拾停当，旧房子也易了主人。我归置自己的东西时，忽然发现那一纸盒子旧磁带不知所踪，我问大家，大家都说没注意。后来弟弟说：“搬家的时候，好多没用的东西都扔了。姐，你着急找那个盒子干什么，现在谁还听磁带？你就别惦记那些旧玩意儿了。”

我很伤心，这些年，走在现实的路上，我的很多想法越来越实际，我不再如十八岁时那么目空一切，我觉得写什么传世之作，那简直就是自大荒唐的想法。是的，我越来越现实了，但是似乎离自己的梦想也越来越远了。

可是我仍然惦记那一纸盒子磁带，弟弟怎么会明白那些磁带对我的意义呢。那不是一盒落满灰尘的磁带，那里有我的青春记忆，我曾经的梦想。

我翻箱倒柜地找，甚至去敲旧房子里新主人的门，问他是否见过，得到的是否定的答案。

姗姗从家里出来，那天她穿了一条黑色的无袖长裙，依然飘逸，但是似乎没有当年的活力。她跟我说话，用沙哑的声音。大三那年，她做了声带息肉手术，留下后遗症，从此声音变沙哑。忽然失去了一副好嗓子，她心灰意冷，没有继续在音乐之路上深造，大学毕业就回了家乡。因为嗓子，她一直找不到对口的工作，现在还在到处打工。

我跟她说，我整天沉浸在日常繁琐中，备课上课批作业，参加各种教研，然后看着孩子们在书山题海中奋斗，如我们当年。我说我的磁带丢了，我的心空了一大半。

姗姗跟我说，她现在打工的那家音像店生意萧条，一天没有几个顾客，工资都要发不出来了。她说她已经唱不了歌，都不知道自己未来的方向在哪里。

我们倾诉着烦恼，说到后来又不得不为对方打气，生活不能全都被负能量所占据吧。

姗姗说：“我堂妹在你们的学校上学，她说你虽然是一个新老师，但是写作课上得一级棒，你经常跟学生一起写下水文，大家都很崇拜你。”

我说：“音像店虽然不景气，但好歹你每天都能听到自己喜欢的歌。你不是也说过吗，手指触到那些老磁带，会有心动的感觉。”

我们沿着熟悉的老街走，走到街角的商店，忽然听到熟悉的旋律，居然是那首 Beyond 的《不再犹豫》。

店主还是那个人，只是跟五年前相比，头上有了些白发。

去年，在距离这条街不远的地方，开了一家大型超市，这家小卖店的生意受到冲击，顾客大不如以前多。

店主依然守着他的这家店，也依然喜欢 Beyond 的歌，虽然我们一直不明白，这样一个木讷的人，怎么会喜欢这样激情的音乐。

我们站在商店外面，静静地听，后来我轻轻哼唱起来：“谁人没试过犹豫，达到理想不太易，即使有信心，斗志却抑止，谁人定我去或留，定我心中的宇宙，只想靠两手向理想挥手……”姗姗后来也跟着唱起来，用沙哑的声音。

店主探出头来冲我们微笑。

我忽然想，丢没丢磁带，从事什么职业，过着什么样的生活，其实并不妨碍我们喜欢 Beyond，并不妨碍我们爱着这首歌。

3

三十三岁这一年的盛夏午后，我和姗姗刚去邻市听完一场演唱会，开车往回走。

两个孩子妈妈，一听说邻市要办一场自己喜欢的音乐会，心里就都长了草。忙不迭地搁下手头琐事，不顾几百里的路途，驱车前去。听完后，又驱车往回赶，边感叹着听歌时内心的澎湃，都觉得不虚此行。

我还在学校做老师，业余时间坚持写作，经常发表文章，也写专栏，也出版了属于自己的书。我早就不奢望写什么传世之作，我接受了自己是个凡人的事实，有没有作家的虚名对我而言不再重要，只要我还执着地爱着写作就好。我一直不间断地写，用我的手写我的心，写这个世界的温暖和美好。

姗姗在一家音乐机构教钢琴，她的声音还是那么沙哑，她说这辈子都做不了歌手了，但是她依然爱唱歌，爱音乐。她教的学生，很多人登台参赛，取得成绩，也延续她对音乐的爱。每当看到镁光灯下的孩子们，她自己都心潮澎湃。

时光让我们明白，平凡如我们，从事着平凡的工作，过着平凡的生活，但是，这并不影响梦想的存在。

做什么并不重要，爱着什么才重要。

我开着车，姗姗打开车里的音乐，一首熟悉的歌响起，我们相视而笑。

“我有我心底故事，
亲手写上每段，
得失乐与悲与梦儿，
OH……
纵有创伤不退避，
梦想有日达成，
找到心底梦想的世界，
终可见……”

车子开进我们这座城市，姗姗忽然提出，去老地方看看。这些年，我们都结婚生子，都换了住处，不知道那条老街是否还在。

车子七拐八拐，终于拐进了那条老街，我们惊喜地发现，那家商店还在。

店主没有换，依旧是当初那个不爱说话的人，不过他不算是一个中年人了，已经步入老年。

他出来跟我们说话，说他从小听力不太好，所以喜欢激昂的音乐，他特别喜欢 Beyond。他说他还记得我们，记得当年那两个常在店外听歌的女孩。

他说，这一带要拆迁了，这家小店开了几十年，终于要关门了。我们问他还开不开店，他说看情况，看看搬到什么地方，看看自己还干不干得动。

他说，无论开不开店，他都还喜欢 Beyond 的歌，即使步入老年，也依然喜欢《不再犹豫》的旋律。

我们问他音响里那首歌还在吗？他说当然在。

他把音响搬到了门外。我们三个，站在午后的阴凉里听歌。

“亲手写上每段，
得失乐与悲与梦儿，
OH……
梦想有日达成，
找到心底梦想的世界，
终可见……”

歌声里，往事一幕幕走来。

我们发现，心底梦想的世界，从未失去。

我爱着你，无论相对或别离

_静 妍

1

朋友青青要离婚，找我出去陪她坐坐。

青青选的地方是路边摊，人声鼎沸、酒意蒸腾、一片喧闹，我想，她此刻需要用热闹填充内心的空洞。是的，空洞，我断定她此刻内心空洞，要离开一个爱了那么多年的人，内心不空洞才怪。

青青和他的老公都是我的朋友，他们是高中同学，早恋并修成正果。

“早就该分开了，在一起互相折磨这么多年。”青青喝了满杯的啤酒，跟我说。

“你说我当初怎么就头脑发热嫁给了他呢，我们根本就不合适。真是应了那句话，‘你现在流的泪，都是当年脑子进的水’。我当年脑子就是进水了，还不是进了一星半点。”

“这些年我们俩一言不合就吵架，真是累，心累。我实在太累了，真的不想这么过下去了，所以提出离婚。他想也没想就同意了。”

“你说他是不是心里早就有别人了，要不然，他怎么答应得那么痛快。”

“这男人呀，都忒狠，心忒狠。”

青青一边喝酒一边絮絮叨叨地说着，我没开口劝。青青和老公宇光从少年恋人到多年夫妻，感情不可谓不深，好起来的时候，蜜里调油，别人看着都腻味，可是两个人都拗，都轴，过日子就像小孩子过家家，吵吵闹闹是家常便饭。有些夫妻吵过闹过一会儿就忘了，也不放在心上，可是青青和宇光，每一场架都吵得轰轰烈烈、惊天动地，而且每次吵架都真生气，我曾见宇光气得手抖，也曾见青青气得晕过去一次。他们俩吵架，别人劝不了，他们俩吵到要离婚，也不是一句话两句话能劝得了的。

青青边说边喝酒，眼看喝了不少，我劝她少喝点，她不听。这时候有背着吉他的歌手过来问要不要点首歌，青青接过歌单，点了一首《永远爱着你》。

歌手是个眉清目秀的年轻人，大约是附近大学音乐系的学生，晚间来路边摊这边唱歌，就当作勤工俭学了。他唱歌二十块钱一首，因为声音很好，点歌的很多，刚刚他在邻桌唱，我就觉得很入耳。

《永远爱着你》是一首粤语歌，是当年青青的心头好。高中那会儿，青青迷恋粤语老歌，得空就跟宇光一起悄悄听歌，听得最多的是草蜢的歌。宇光起初对粤语歌无感，后来因为青青喜欢，他就跟着听，学着唱，渐渐地也喜欢上了，高三那年忙得昏天黑地，宇光居然还抽空学了吉他，就为了给青青唱粤语歌听，他唱得最拿手的就是这首《永远爱着你》。

年轻歌手的音质真的很好，粤语发音也标准，唱得很动情。

“我只系知道，无论你点样对我，
我都系甘爱你，
或者你根本没爱过我，
甚至恨我，
但系，我仍然永远永远爱你……”

我停了筷子听着，青青也放下杯子听着，我看到，在歌声里，她的眼里有盈盈泪光。

一曲唱罢，歌手离开，青青用纸巾胡乱擦擦眼，又开始絮叨：“当初上学的时候，以为一切都简单，以为喜欢就要在一起，以为相爱全是甜蜜快乐，可是没想到，爱原来是苦的。”

“我们两个就像大孩子，永远学不会怎么相处，越是在乎对方，越是把日子过得糟糕。”

她也知道症结所在，但是很多东西不是明白就能改变的。

两个带着刺的人在一起，距离越近越容易扎伤对方。

我说：“青青，真的过不下去了吗？”

青青点点头：“真的过不下去了。”

“你不爱他了？”

“爱。”她回答得没有半分犹豫，说完之后苦笑，“我是不是很可笑，日子过成这样，打架打成这样，我却还爱着他。”

接下来青青喝多了，跟我说起了往事，说高中那会儿她和宇光在一起听粤语歌，也听对方的心跳；说大学那会儿，他们隔着千里，他还在电话里给她唱草蜢的歌；说宇光送给她的各种粤语歌磁带、光碟装了满满一箱子。

“我们当初那么好，你说日子怎么就过成这样。”青青口齿不清地叹息。

其实这就是相爱容易相处难。

2

人声鼎沸中，我的手机一直在响，我看了看，上面已经有好几个未接来电，都是宇光打来的。

我起身，去旁边稍微安静一点的地方接电话。

“青青跟你在一起是吧，这么晚了你们在哪？安全吗？”

“你还知道担心呀，你说你们俩怎么就闹到离婚的份儿上了。”作为他们共同的朋友，我此刻责怪宇光，他毕竟是个男人，在生活中就不能让一步吗？

“我们两个吵了这么多年，吵累了，吵疲了，上次吵架青青把我送的所有磁带光碟都扔了，我把我们家的音响设备也都砸了。我们俩在一起，就剩下互相伤害了。”宇光说。

“就不能互相让一步吗？”我说。

“我也想过让着她，可是火气一上来就忘了，我们俩一吵架，都捡对方最受不了的话说，戳对方的心窝子。再在一起过，没准青青真像她说的那样会割腕，而我大概也得去安个心脏支架了。”宇光的声音里充满无奈。

我此刻不知道该怎么劝他们好了。

宇光那边又说：“你说青青这么坚决要离婚，是不是心里有别人了？”

“你说呢？”我有些着急，明明相爱，却又忍不住猜疑，对方在自己心里分量太重反而成了坏事。我说，“这些年青青的心你难道不明白吗？我倒是要问你，你是不是不爱她了？”

宇光苦笑一声：“虽然我们要离婚了，但我还是爱她。”

我说：“离婚的事你们再考虑一下。今天呢，你们不是还没离吗，她现在喝多了，你一会儿来把她接回去。”

大约过了二十分钟的样子，宇光来了，青青这时已经喝到醉眼迷离，正趴在桌子上，听不远处那个歌手在唱歌。

宇光坐到她身边来，她动也没动。

宇光没话找话：“这人歌唱得还行，跟我当年有的一拼。”

青青“哼”了一声。

天已经很晚了，很多人纷纷离开，宇光对青青说：“别在这儿听歌了，要听的话，我回家给你唱。”

“用不着。”青青说，“你留着点力气，以后给别的女人唱吧。”

宇光这次没有反嘴。

青青趴在桌上听歌，执意不肯回家，我们怎么劝都不行。后来，宇光忽然起身，走到正在喝水休息的歌手旁边，跟他耳语了几句，后来我看到，歌手取下吉他递给宇光，宇光抱着吉他走了过来。

他站在青青对面：“女士，请问想听什么歌？”

青青没说话。

“那我就随便唱一首了。”宇光说完，拨动琴弦。他唱的，是草蜢的《永远爱着你》。

他的声音，不及刚才那个年轻歌手清澈，有那么几分苍凉，但是粤语发音也好，听上去有些功底：

“永远爱着你，
就算梦碎了都深爱你，
永没法被淡忘，
对不起，
恨我仍想你，恨我仍这般苦痛，
因为爱你，深深爱你，
也许现在或以后的爱全付给你，
无论与你相对，
无论与你别离……”

青青在宇光的歌声里，再次泪湿眼眶，后来竟是泣不成声。

宇光的歌声也有些哽咽之音了：

“也许将一生的所有爱全奉给你，
无论你会继续去等，
无论你已心死，
也许段段追忆哭笑全部因你，
无论你爱恋我，无论你爱别人，
也许现在决定一世留下给你，
无论要我继续痛苦，无论要我伤悲，
爱着你……”

那天我帮着宇光，把一路哭着的青青弄回家。

3

半月之后，青青又约我去她家吃饭。她和宇光的婚没离成。

“还吵吗？”我问。

“吵。”青青说，“我们上学的时候光顾着听歌了，把怎么相处的功课搁一边了，所以结婚后一直吵吵吵。不过现在吵架频率有所下降，我们商量好了，一方怒火冲天的时候，另一方要尽量克制。”

“终是舍不得分开。”我说。

“是呀，因为舍不得对方，所以即便痛苦，还是要试着在一起。”青青说，她此刻正整理一箱子磁带、光碟，宇光则在厨房做饭。

我凑过去看看，那是一些旧磁带，粤语歌磁带。“宇光不是说，你把一箱磁带都扔掉了吗？”我问。

“是扔掉了。”青青说，“可是我后来又去垃圾箱里捡回来了，终究是不舍得。”

我帮青青整理磁带，静静地、慢慢地，在那一堆磁带中，我们似乎看到了我们的青春。

多少深情岁月，换你真爱无恙

_ 荞麦青青

伤口是别人给予的耻辱，自己坚持的幻觉。

——题记

我们的人生由无数的际遇环环相扣，有的曲径通幽，有的一气呵成。幸运的王菲当属后者。

1989 年，20 岁的王菲在香港携《仍是旧句子》出道，便获得创作大赛的铜奖。小荷初绽，便已头角峥嵘，其后获得白金唱片的大碟更是跃上层楼。1991 年，王菲赴美学习。一年后返港的王菲重新开启了演艺生涯。同年 8 月 13 日，推出她的第四张专辑《Coming Home》，专辑一出即售罄，销量冲破白金，其中《容易受伤的女人》红遍港岛，横扫香港各大排行榜冠军。

因为这一首歌，香港无线电视台劲歌金曲十大金曲奖等奖项，悉被她收入囊中。

当年，她以“王靖雯”的名字从两大天王张学友和刘德华的手中接过沉甸甸的奖杯时，也许并不能完全地预料到，正是这一首创造了奇迹的金曲，第一次将她推上了一个前所未有的峰巅。

这首歌其实是翻唱日本国宝级歌手中岛美雪的《口红》。中岛美雪的歌曾被到过日本发展的邓丽君相中，一曲改编后的《漫漫人生路》风靡一时，也令中岛美雪的诸多经典之作成为港台歌星的翻唱曲目，《口红》便是其一。

《容易受伤的女人》与《口红》的旋律一致，但歌词却大相径庭。后者的主角是一位陪酒女郎，嗟叹自身坎坷与沧桑的经历，尽管不乏自怜的情绪，但角色使然，还要强颜欢笑去安慰落魄失意的客人。所以，《口红》既有对命运的感慨万端，也有不甘沉沦的坚强。而《容易受伤的女人》重新填词后则被演绎成了一首伤感情歌。

从境界上看，这首歌并没有逾越原来的《口红》，但大诗人白居易说过，“感人心者莫先乎情”：那些曾为爱而受过的伤，那些曾为爱而俯首的卑微，那些望穿秋水的期待，那些苦苦挣扎的百转千回……是多少人都曾有过的心路历程，因为感同身受，所以才引发了强烈的共鸣。

犹记得那年冬天的黄昏，在一家小小的音像店里，我猝不及防，与这首歌迎面遭逢。那个当时叫王靖雯的女子浅吟低唱，深情如诉：

“不要，不要，
不要骤来骤去，
请珍惜我的心，
如明白我，
继续情愿热恋……”

那一瞬间，我泪流满面。骤来骤去的爱情，容易受伤的女人，原来，这个世间，有太多的人死于心碎。

他的面影渐渐清晰，我仿佛又听到他的声音隔空传来，我侧耳倾听，却又倏忽远逝……

钱锺书说："男女之间，借书的学问是很大的。"因为一来二去之间，便容易演变成爱情。

但他不借书，只讨教问题。

那时他是班上的才子，写得一手漂亮文章，而且剑眉星目，春意盎然。

课间的时候，他偶尔会绕过几排座位，径直走到我的面前，态度诚恳："这道题我不会，麻烦你给我讲一讲。"

为什么让我讲给他听呢？他周围簇拥着好几个攻无不克的学霸，他大可不必舍近求远。更何况，他的成绩不差。他的接近理由如此蹩脚，却又显得真诚十足。因为每次讲完他都会说："你看，你讲的方法我就是没想到。"

那时的我竟天真地以为我的确胜他一筹，我的确让他豁然开朗。

我渐渐地沦陷在他的赞美里，沦陷在他的不经意间投过来的目光中。

但临近高考的巨大压力，班主任的高压管理，使得我们很多时候只能怅然相望。他不言，我不语。我们在默契十足的沉默里心照不宣。

那时我把对他所有的爱恋都写在日记本上，我不敢写他的名字，只能用拼音缩写，与他日日对话。有一天，我的日记本被母亲发现了，她问："D.H 是谁？"

我惊遽地夺过日记，那是我青春期里最大的秘密，只能独享，不能分享。虽然它让我辗转难眠，但亦让我甘之如饴。

高考结束，我考上了外地的大学，他却因为几分之差而名落孙山。

九月开学，他去车站送我，神色恻然。临上车前，他递给我一封信并叮嘱：上车再看。

我在车上迫不及待地展读。我以为在那封"情书"中会充满不舍与牵挂，会充满缠绵悱恻。不，没有！那是一封分手信！分手的原因简单而充分：他要复读，不想分心。更何况，他觉得自己已经配不上我。

我期待中的"等着我"变成了"我不配"！

那一刻，我即将奔赴新生活的所有喜悦，以及一年后便与他在大学里重逢的美好憧憬全被击得七零八落。从十六岁的暗恋到十八岁的"被分手"，他知道我无数次在课堂上怔忪地盯着他的背影吗？他知道无数次与他的目光交汇时我的心如鹿撞吗？他知道我曾经在写下他名字的日记上那深深浅浅的眷恋吗？他知道我曾经为了配上他而夙兴夜寐吗？七百多天的靡日不思，七百多个日夜的所有甜蜜与忧伤，都终止在这言简意赅的一行字里。

亦舒曾在痛苦的失恋后如此写道："我常常以为，我转过头去，便可以看到他在我身后：米色的 T 恤，咖啡色的外套，咖啡色的长裤，把他的尖犬齿笑出来，但是伦敦没有他……"

同样，行走在山荆花开满甬路的大学校园里，行走在人潮汹涌的异乡街头，我一次次地转过头去，没有他！甚至有时我会为一个似曾相识的背影恍惚不已：亲爱的，是你吗？

我知道我的身边已经不复有他，我的世界里已经消失了他。

那时陪伴我的都是悲伤的情歌，而王菲的歌声是无数个泪水打湿枕畔的夜晚的唯一慰安。

她的歌声空灵、幽怨，又带有一种峭拔的清寒，丝丝缕缕，沁骨入髓。

不必说，不必问，唱歌人与听歌人，都不过是千山万水之外的羁旅客，都是颠沛流离的感情路上的失意人。

那年冬天的青城，下了很大的雪，呵气成冰的苦寒里，我想起唯一的那次牵手，他的手掌是多么温厚、有力。然而，余烬尚存，爱已走远。

后来他再次写信给我，说他快疯掉了，复读的压力，失去我的消息，让他的每一天都难以为继。他一次次在阒寂无人的操场上呼喊我的名字……我以为我在他那里早已是路人甲，却原来仍是不能被放下的女主角。我抱着那封求和信喜极而泣。

峰回路转，失而复得，于是，生命再一次春暖花开。

假期回家时，他去看我，并面色凝重地告诉我，我们的事被他妈妈知道了，骂他没出息，勒令他斩断与我的关系，全力以赴考大学。

我说，我可以等。他答，他不想承受被人等的压力。

他将我所有给他写过的信全部归还我，并要求我把他写给我的信付之一炬。

我悲哀地看着我曾为之，倾尽了全部的柔情与心力的男子，我想我得瞎到什么程度，才能爱上这样一个首鼠两端，没有担当的浑蛋。

后来他考到了我上学的那座城市，他住城北，我住城南。鸡犬相闻，却再无往来。

大学毕业后他去了北京，仕途顺利，离婚后又娶妻生子。两年前回到故乡时，同学为他设下盛筵。在酒桌上，他微笑着向我敬酒："你一点都没变。"

可是，他不知道，落在一个人一生中的大雪，我们不能全部看见。

幸好，我走出了那茫茫的雪原。光风霁月，细水长流，才是这人间盛景，一世清欢。

出道三十几年的王菲，兜兜转转，又寻回她最初爱过的少年。但她，唯独不再唱《容易受伤的女人》。

对她而言，爱是相生共荣的彼此成全，而不是乞怜求告的嗟来之食。

但在爱情中载浮载沉的女人，哪一个不是一路新伤旧疾，与岁月携行？只是有人一直创痕难愈，将血痂遍布的伤口一直裸裎于人前；而有人在暗夜独自饮泣过后，包扎好伤口，黎明即起，重新出发。女人在感情中哪有天生的强者？所有的果敢不过是淬炼后的结晶。

作家池莉曾说过：女人需要一颗自己的心，乃至于这颗心的纯粹性应该完全超越具象，与婚姻、房子、男人，一律无涉。

这样的强大理应收获敬意，但我设想的美好是，你坚强时可以独当一面；你柔软时，亦能与爱缱绻成欢。

由容易受伤而脆弱无助的小女人，到懂慈悲有担当的智慧女子，我们走过千山万水，走过如歌岁月，不过是为遇到一个更好的自己。

李爱玲在《你若不伤，爱就无恙》中说："祝福所有为爱痴狂的好姑娘，用错的爱来成长，用对的爱来绽放；在深爱里享受欢愉、喜悦，在激情消融后勇敢面对冷漠凉薄。不吝惜努力，不放弃争取。不丧失力量，不惧怕改变。"

唯其如此，那些蛰伏于我们内心深处的所有伤口，终会被时光锻造成一枚枚生命的勋章。

一直相信，所以给你一直写信

_阿 踢

故事的结局，是我的朋友告诉我，这是一种缘分，许久之前埋下的伏笔。

故事的开始，是一位平凡普通的女孩，时刻心怀憧憬，将对偶像的爱慕之情密密麻麻地写在信里，寄给遥远在星空另一端的他。并深信不疑那位超级偶像，终有一天会为她亲笔回一封信，认同她，人是有需要造梦。

这是 F 小姐和 K 先生的故事，也是我和 A 先生的故事。

《奇洛李维斯回信》是一首表达粉丝对偶像疯狂又痴迷的热爱的歌，2005 年，K 先生赴港宣传大片《康斯坦丁》，香港电视台方面安排 F 小姐对其进行采访，以圆回信之梦。而我，在我的故事里，也同样得到了圆满的结局。

“天天写，封封写满六百句的我爱你，

写了十年从未觉得太乏味。

深信最后收得到答覆，荷李活美不美？！”

三年前，刚刚毕业的我，因为一些家变事故，独自拉着行李远离家乡，在浙江一个不知名的小县城，一家不具名的小杂志社，做着文字编辑的工作。每天要面对的都是鸡毛蒜皮的琐碎，分不清东西南北天高海阔的老板、在办公室大口抽烟的男同事、对女生动手动脚的美术编辑。每天回到自己租住的小屋，读书看报煮面，在笔记本上默默写下——“明天你预算，将翻过天边地平线”。

就在这一潭死水般的生活中，某天午休时浏览微博，刚巧看到了可口可乐那年发起的昵称瓶定制活动。刚巧抽中了一个名额，心想定制一个偶像名字的昵称瓶放在床头鼓励自己，就顺手填上了 A 先生的中文大名，选用了“快乐帝”的昵称。没过几日可口可乐公司打电话来核实。

接过电话对方问我：“T 小姐，您好，我是可口可乐公司的工作人员,您在我们公司定制了一个昵称瓶,请问那个名字是您的什么人？”

为避免麻烦，我撒谎答道：“这是我一位同学的名字。”

对方继而解释：“我们核实到您的这位同学和香港某位歌星重名，我们公司暂时不能为您定制这个名字的昵称瓶，请问能否提供一下您同学的证件。”

意识到有麻烦，我信口开河：“我要把礼物当作惊喜送给同学，不能提前向他索取证件。”

对方礼貌地答道：“那样我们没办法为您定制这个瓶子了，不然您考虑一下换个名字可以吗？”

听到这样的答复，我立时鼓足了气，说：“那这样好了，我确实要为你们说的那位香港歌星定制昵称瓶，如果我能取得他本人的同意，你们可以为我定制吗？”

对方痛快答道：“当然可以，但我们这边只能给您预留三天时间了。”

本来只是一件寻常小事，但由于内心总有一些不服输的傻气。接下来的几天时间，我开始在微博上联系 A 先生，为了不过于打扰他，每天只发一条微博艾特他本人。

之前也曾在微博做过与他相关的事，比如手刻有他模样的橡皮章，期待他的夸奖；比如在他转发我微博时，戏称自己还没有得到某本杂志，立即为他寄去那本杂志；比如大学毕业时乘火车四处穷游，每到一处都为他寄去一张代表当地特色的卡片。

但这一次他却没有理会我，略感失落之后向周围朋友求助，有人帮我在微博一起艾特他请求允许，好朋友还帮我画了一幅 T 小姐给 A 先生送可乐的小漫画。终于在第三天凌晨以后，已经熟睡的我被朋友的电话喊醒，打开微博看到 A 先生给我的回复：“只一瓶可以，谢谢你。”

“可否阻你十八秒钟，看看信，

如果你认同人是有需要造梦，

给我寄赠签名的信封，只要一封。”

他对我说谢谢，而我也是在内心对他说了无数声谢谢。谢谢A先生，这位从未让我感到失望的人，无论现实世界有多吵，最爱的偶像不只是一剂兴奋剂，也是一剂镇定剂。

很快收到可口可乐寄来的昵称瓶，也购买了A先生在广州的演唱会门票。那时心想A先生已知我为他定制了一只昵称瓶，那我就不能再把这个瓶子留在身边，瓶子目前的所有者应该是他。

因此在临出发前往广州的一夜，再次小心翼翼地在微博上艾特A先生，没抱任何希望地向他询问：“还剩几十个小时，难以入眠，这个瓶子此刻摆在我的书架上，不知能否有机会在广州送给你？”第二天一早竟收到A先生答复：“请大家不要送我礼物，除了这个。”

一瞬间内心百感交集，说是受宠若惊也毫不夸张，他给我的这个回应已经远超过了我的期望。

但却在辗转坐了二十多个小时的火车到达广州之后，在白云体育馆遭到了最惨烈的拒绝，也体会到了前所未有的身份卑微。

A先生只是答应要接受我的礼物，我却不知该通过什么样的方式送给他。

当天下午，我和几位朋友到达白云体育馆，我拿着微博陆续向数十位工作人员求助询问，得到的回应大意是说“微博这种东西不值一信”，“A 先生是逗我玩的，根本没当真”，“我这辈子都不要妄想能接近 A 先生”，“他们不想搭理我这种人。”

而我向他们表示，我并非一味追星的小姑娘，只是 A 先生答应接受我的礼物，如果做不到我会失信于人，我并不需要见到他本人，只需要向香港人传个话，我是相信 A 先生的，也能理解白云体育馆的苦衷。但却没任何作用，我在场馆外给 A 先生发微博，他抽空点了赞，我知道他愿意接受礼物，但我却没办法做到。

演出临近开始，由于可乐瓶不能通过安检，体育馆也不肯代为保管，又没时间回酒店，只好把瓶子藏在场馆外的一棵树下，朋友戏称那是在场馆外吹着冷风听歌的快乐帝。演唱会上想起这几年的种种，A 先生曾经在怎样的情况下给我的世界以光明，于是下定决心一定要亲自把礼物送去香港。

演唱会结束后和一位朋友交流，她说 A 先生唱到那句“让每刻青春，与街灯，每晚重逢”，跑到我们正前方竖起拇指，那个交流特别真诚，不像是在表演，而像是在传递一种强大的信念。

第二天送走了朋友们，我购买了次日最早一班去红磡铁路站的车票，回到酒店打开电视正巧看到紫霞仙子说：“如果不能和我喜欢的人在一起，哪怕让我做玉皇大帝我都不会开心。”而如果这件事办不成，我不知会沮丧多久。有位朋友给我说，她明白这不单纯是一个礼物，它承载的是一个约定，有着很温馨很重要的意义。在港中大读书的高中同学说：“小伙伴没有别的能帮你的了，等你到了香港，收留你还是没问题的。”

一夜无眠，清晨六点多出发乘地铁到广州东站，上楼梯时看到红磡两个字，又哭，过海关，又哭，火车开动，又哭，大概人在感情充沛到快要溢出的时候，不知如何表达，必须无数次哭出来。

“继续被动来做普通的大众，
实在没有用情愿不怕面红，
顽强地进攻，争取你认同，
如朝朝代代每个不朽烈士奋勇。”

那天是2013年9月2日。

到了红磡铁路站，一时糊涂，竟提着行李一路走到星光大道，而不是直奔目的地。四周都是完全不认识的建筑，除了期待，更多是恐惧。走到尖东地铁站时已然筋疲力尽，在海边被太阳暴晒，由于几日几夜睡不好吃不好，几欲晕倒，再也忍不住了，在人来人往的陌生环境中又痛哭了半个小时，内心千般滋味，有勇气也会有畏惧，有辛苦就会有疑惑。

在那一刻就像做了一个巨大又芜杂的梦，想不通那个时间我为什么会站在那里，但又明知我必须站在那里。由于第一次到香港，又是临时起意，在那边甚至连一个电话都不会拨，手机马上停电，连充电电源也坏掉了，绝望到底。

乘天星小轮过海，平生第一次晕了船，无心两岸风景。过了海等不到巴士，直接打的士去奥卑利街，又生平第一次晕了车。

下了车，观察一下地形，冲进大厦，没理会楼下的保安，直接走楼梯而不是电梯，走到三楼再乘电梯到十楼，一出电梯看到“人山人海”四个红色大字。蹲在门口等了二十多分钟，不好意思敲门，最后还是按了门铃，向 A 先生的同事讲了这件事，对方很理解很关爱，一直对我讲谢谢。

从人山人海中离开，就像得了癔症一样，我在中环大大小小的街道胡乱走了几个小时，不知道吃什么，不知道买什么，不知道去哪里。狭窄的街道，相似的名字，高耸的楼房，寸土寸金，连天空也被分割得只能看到一缕缕。

天色渐暗，又完全黑了。我钻进地铁站，没印象去了哪里，我也是南南北北走了那么多城市了，那天却像个傻瓜一样无所适从。最后在一个大厦的十楼，把所有的经历一句句在微博上讲给 A 先生。讲完之后，高中同学打来电话，告诉了我去她那边的路线，她说你来了之后我给你煮面。

到了同学住处，看到 A 先生转发了我的微博，要我好好保重。但语气有点疏离，我心想他是否对我的偏激行为有些反感。同学说不会的，A 先生是拿我当小朋友的，谁会跟一个比自己小三十岁的人生气呢。

而我知道如果那一刻我没有身处我所在的地方，我一辈子都不会安心的。朋友都说 A 先生比他语言里所讲的还要感动，只是不能公开表示鼓励我对他这种偏激的爱，而他本人也曾经是风风火火轰轰烈烈的少年。

我是绝对相信，正因为 A 先生是这种人，我愿意不顾一切去爱他，跋山涉水不远万里赴一个口头之约，献上盛大风光的爱意，豪迈激荡的青春，去做这件疯狂的小事，有人说这是 T 小姐的动人传奇。

离开香港之后到了南京，准备开始新生活，却没想到这个故事的结局竟然被改写了。

“真感激你为我每天也寄信，
年轻我亦曾同样那么爱造梦，
所以决定亲笔的答覆，等你相信。”

一个星期后的某天晚上，接到朋友短信，要我赶紧看微博，A 先生艾特我了，他举着我送他的瓶子和月饼，拍照告诉我：“谢谢你的礼物，终于到手里。”

想来有些诧异，他特意发了那条，并且不只在微博讲了，还在我没有账号的 FB 也发布了，连带着我的 ID。我完全明白他是有多大的诚心，要送给我快乐。所以我当晚说，估唔到你同我一样。

A 先生绝对是值得我这样爱他的。

因为他想给我的，是完全平等的友好的关系。他降落在我寸草不生的星球，像一个来自外星的小王子那样，给了我一个小王子和一颗火龙果之间最温暖的关系。

——END——

你以为这就是故事的结局了吗?

两个月后，一次机缘巧合，得知 A 先生将要在苏州参加一个文化界的颁奖活动。那天我从南京去了苏州，在那个几百人的小型场地，找到他在坐席第一排的名字，在他名字后面落座，场灯熄灭时他出现，静静坐在座位上看演出。我在他背后静静望了他一下午，一起听越剧表演艺术家茅威涛朗诵姜白石的名句：“旧时月色，算几番照我，梅边吹笛。唤起玉人，不管清寒与攀摘。”

颁奖结束，我蹲下身子凑上前去，喊他名字，我说：“明哥，你好。”

他回头认真地看着我，脸上带着礼貌又亲切的笑意，问我何事。

我说：“我是那位送你可乐的 T 小姐。”

他眼中闪过一丝惊喜的笑意，他说：“是你呀！”

闲聊几句，转身离开。他为我签了 1990 年发行的专辑《神经》，我终于拿到奇洛李维斯回信。

“明知我们隔着个太空，

仍然将爱慕天天，入进信封。

抬头望星空发梦仍然自信，
等到远处你为我写，那一封。
人人都怕难怕倦，怕扑空，
全球得我未死心，没有放松。
专心得超级偶像，也动容，
一直相信，所以给你一直写信。”

罡风吹散了热爱，留下了浴血青春

_荣 青

1

晶晶比我小一岁，与我青梅竹马，是个黏人的小姑娘。上小学时，每周五放学后，她就要来我家，缠着我，要我陪她一起玩。她总爱叫我小青姐，一口一个叫得甜，常让我产生一种“翼下再添一员虎将”的错觉。

那会儿我家的院门口种了些爬山虎，到了夏天苍翠茂盛，十分耐看。我们两个喜欢在爬山虎下唱歌、聊天。

小学五年级的我，有了人生第一个复读机。打着学英语的旗号，我们用它听过很多歌，还会到处问别人借磁带。我母亲年轻时候是个迷妹，喜欢港台明星，家里到处都是他们的贴画和磁带。那时候，她经常给我们放一首特别好听的歌，叫《万水千山总是情》。

汪明荃嗓音柔美，唱起歌来，像一朵清姿摇曳、眉眼动人的白玫瑰。她唱莫说水中多变幻，水也清水也静，柔情似水爱共永；也唱未怕罡风吹散了热爱，万水千山总是情。她唱，我们也跟着唱，唱得心扑通扑通跳，人也痴痴笑，唱得爬山虎摇起叶子，纯真时光趁机钻到缝隙里，丝丝入扣，密密匝匝。

那个午后，属于我和晶晶，属于不谙人事的小姑娘们。

心事，盛夏，童年，萌芽。

在空气中翻滚的热浪，荡气回肠的爱情，复杂的家庭，荒乱的年代，无力的个人。

悲欢离合，不一而足。

有句话叫作：女孩天生就有感知爱和痛苦的能力。

也有句话叫作：故事再怎么虚幻，最后投射在心上，也有现实的残影。

2

小时候我妈总说我是路边捡的，有时候又说我是垃圾桶里捡的。晶晶不一样，她妈妈从来没有跟她说过这样的话。

她问妈妈自己是哪里来的？

妈妈回答说，是自己生的。

话说得太过真实，总让人没有办法轻易相信。

于是渐渐有了一种说法。巷子里在传，饭桌上在讨论，孩子们的眼神里也有异样的颜色。一个孩子的身世，成了众所周知的秘密。

一个阴凉的午后，我脑子一热，开口问了她这件事。我早已忘记当时的自己是如何提起这件事的，过程一定是尽量保持的自然和免不了的尴尬。

出人意料的是，晶晶听后，跟我细细讲述了这个故事：

“我的姨姥姥是个漂亮，并且读过书的年轻女人，可长辈对她的期望唯有一个：给家里生个男孩。

姨姥姥生第二个女儿的时候，刚三十出头，还很年轻。家里决定再让她生一胎，如果是个女孩，就送人，如果是个男孩，就留下。

姨姥姥一直为了这个理想努力着。

第三个孩子生下来了。

是个女儿。

姨姥姥心里不忍将亲骨肉送出去，苦苦哀求，家里却死活不同意。无助的她找到了自己的外甥女，求外甥女把小孩抱养回家。

外甥女只比姨姥姥小几岁，家里只有一个男孩，便欢欢喜喜地收下了。

故事讲到这里，你大概也猜到了。

那个三女儿就是我。

那个外甥女就是我的妈妈。”

我听完后，就止不住地哭了。她跟我说：“我知道，我是我姨姥姥生的孩子，我姨姥姥很疼我，可是我爸妈也很需要我。”

那一刻，那个叫作晶晶的小姑娘，在我心里有了变化。

十岁出头，她就懂得接受命运的安排，并能够把它转化为幸福的一种。为了生她的妈妈，也为了养她长大的妈妈。

虽然那天，我还不知好歹地问了她，如何称呼姨姥姥和姨姥姥的孩子们等问题。但我心里明白：她虽然小我一岁，却坦然接受命运，葆有爱心，她将来会是个很棒的人。

大人们一定想不到，小孩子总是看在眼里，藏在心里，还要装着一脸迷惘糊涂。他们个头小，看不见大人的表情，却能听到大人们的话。他们的心里也有一杆秤，不声不响，算着尘世的重量。

3

晶晶的学习成绩一般，她妈妈总让她来我们家和我一起学习，她往往一脸不情愿，其实就是不好意思罢了。大人们茶余饭后讨论起来，总说：晶晶啊，不是块上学的料。大人们总是喜欢说点跟自己无关的话，然后等着被打脸。

后来我们升学上了初中。中考后她去了一所普通高中。学校氛围不是很好，但她还是一直在坚持学习，学了理科，高考没考好，没有达到录取分数线。她身边很多人都劝她：不要念了，不如出去打工赚钱。

她妈妈来我们家串门，我们极力劝着让晶晶复读一年试试。晶晶是个特别上进的女孩，底子薄却心眼正，过了暑假，她就拖着行李去了补习班。

又是一年。

盛夏六月，金榜题名。

她终于过了录取分数线，考上了省城的一个师范学院。

等我们再见面时，她已经是个大学生了。扎着马尾辫，穿着深蓝牛仔裤，十八岁的模样，蓬勃有力，像是在身体里种了一株水仙花，临春就要绽放。

她比我棒，当家教、做兼职，上大学后就没再问家里要过一分钱。

明丽着，自立着，努力着。

终于开始了大一、大二，这是最好的大学时光。

校园安静，青春自在，无忧无虑，故作忧伤。每个人都抱着一份炙热的渴望，为了一个说不出口的理想，摆出一副身体前倾的模样，眺望一个不曾碰触的远方。

如果时间永远能停留在那个时候有多好。

倘若不能，那就顺着时间的河流，或平凡或伟大。

哪怕我们孤高自傲，跌入梦想的陷阱，头破血流，还嘴硬、死不悔改。

哪怕我们懦弱无力，滑向现实的轨道，喝着酒混着日子，过最无聊的生活。

这些都是好的啊。

你也知道，人生就是围城，如愿，或者不如愿，都是自己的选择。

但有些人，连选择的权利都没有。

4

2014 年我大学毕业，参加西部计划，准备去新疆支教。

那年，晶晶大三。

我妈给我打来电话，说晶晶的爸爸得了重病，省里没有一家医院能治得了，晶晶的妈妈整日以泪洗面，晶晶爸怕是没有多少时间了。

医生说了，要想多活几天，只能去北京的医院试试了。

晶晶的爸爸是她们家的顶梁柱，也是家里最重要的收入来源。一个人倒下，一个家庭就跟着倒下了。看着爸爸的病情在加重，全家手足无措。

踌躇，无力，巨大的阴影笼罩在晶晶家的上空。

所有人都在犹豫着，衡量着，不安着，痛苦着。

唯有晶晶，这个 21 岁的女孩，放下学业，擦掉眼泪，说自己要带着爸爸去北京治病。她说，如果有一千万种方法能让爸爸多活一天，她就愿意试下去，一直到第一千万零一种。

于是，她真的去了。

找医院，安排住院，联系医生，和医生商讨治疗方案，日日夜夜，亲自侍奉。

爸爸需要血清，她去输。工作人员出了失误，登记错了名字，血清迟迟没有送来。医生可以等，但爸爸不能等，她跑去血站，跟人从头到尾，一句一句地理论，最后血站领导道歉、补偿，事情才得以解决。

晶晶妈妈说，以前晶晶是个叽叽喳喳的小女孩，不知道从什么时候开始，她变得理性果敢，做事有板有眼，开始学会选择以最好的方式，来实现自己的想法。

这些，我从来没敢想过。

在此之前，晶晶从未出过远门，我不知道她是受着什么样的苦，带着多少的委屈，一遍又一遍地和人据理力争。看着爸爸一天天消瘦下去，一次次绝望又一次次抱着希望，将近两年，她的生活和爸爸的生命站在了同一条线上。

5

再见面时，我刚从新疆回来，而晶晶的爸爸也已去世好几个月。

她来我家，坐在我对面，谈着自己即将毕业的大学生活，穿卡其色风衣，头发散着披在肩上，成熟了很多。我跟她讲自己在新疆的支教经历，她听得起劲认真，问了我好多问题，笑起来眼睛里还有一丝忧伤。

年少培养的默契，我们都没有提起她爸爸。

那天我们聊了很多，送她走之后，连一向不爱说话的弟弟都止不住赞叹：“晶晶姐跟以前不一样了，浑身散发着强大的气场，好厉害。”

后来我又见了一次晶晶的妈妈。阿姨老了很多，一提起丈夫就失声痛哭，我问起了晶晶，晶晶妈妈说：“姑娘要去社区工作了，听说叫作社区志愿者，要干三年。她干什么都好，我都支持，就是习惯不好，早上九点才起床，躲在被窝里看手机，我也管不了。”

我一边笑着劝她：“现在的年轻人都这样，您不用担心”，一边在想：那个从小就跟在我身后，甜甜地叫我小青姐的小女孩，终究长大了，可又像是没长大，还同以前一样。

真好。

6

晶晶的故事，总在我眼前浮现，今天总算写了下来。每次我的人生面临波折时，总想起她努力的神态，想起我们曾经一起唱过的“莫说青山多障碍，风也急风也劲，白云过山峰也可传情”，我就会豁然清朗许多，就像一位朋友说的那样，“没有拿别人的痛苦慰藉自己的意思，可是用阿甘式思维方式想一想，看看别人的故事，自己那点事根本不算事儿”。

后来有人跟我说：“有谁知道，每个女孩都有几段埋藏心底的经历，也许是年少的屈辱，也许是青春的意气风发，也许是伴随着成长的秘密。顺风长大的女孩给人纯粹和天真，但逆向经历过风霜的女孩会从骨子里透露出一种睿智和从容。”仔细读了读，越发为晶晶骄傲。

现实中我们大部分人的人生，也许并没有这么多的起落，但是也并非平静如底，谁的人生里没有几抹不好的记忆，谁的故事里又没几个黑暗阴影呢？因此，不要因为日常的琐碎，而失去了那颗敏锐、勇敢的心，就像歌词里说的那样：

“未怕罡风吹散了热爱，
万水千山总是情，
聚散也有天注定，
不怨天不怨命，
但求有山水共作证。”

最后，愿每一个你，脚踩风霜，眼藏锋芒，淬炼脱落成更好的自己。倘若有一天，时光的刃手起刀落，岁月将青春打碎，罡风将热爱吹散，我们浴血努力过的故事，也定将在记忆的长河中熠熠闪光，昼夜璀璨。

岁月长，衣裳薄

原来过得很快乐、只我一人未发觉；
如能忘掉渴望，
岁月长、衣裳薄。

炼石错补青天

_亦 靓

开篇明义，在你很忙的今天，为什么要抽出时间，来推荐一首也许你知道，但更可能从来没听说过的老粤语歌曲？

因为它的价值，就是品位神器！

对于学生或屌丝来说，只要你对《石头记》有所了解，不管是在社交媒体上举重若轻地引用，还是情书里面点染一两句，都能轻松地刷爆你在恋人、同事或客户心目中的惊喜指数，让对方瞬间知道你其实很有文化。

对于成功人士如创业CEO和大公司金领来说，是不再需要《石头记》来为自己的品位贴金的，但你真的不需要古意盎然、略有禅味的音乐享受，来借以抚慰在社会冲锋陷阵之后的疲惫吗？还附送开解秘籍的哦。

而对于本来已经不缺品位、不需要救急速成的文化人来说，《石头记》三个字，本身已经胜过千言万语。只要验证它的水准对得起这个名字，值得怎么样的重视，意义就已经不言而喻。

简单概括这份推荐，就是你只要唱熟《石头记》，不管在情书中，闲聊，K 歌，辩论等任意场合运用，都会有惊喜。

从二十年前惊鸿相遇《石头记》，我深爱至今，借麦克唇齿纠缠，时刻心头供养，不断向每一个值得的朋友推荐。

每一段前奏的乐器变化都刻印脑海，每一粒音符都熟极而流。

是的，对我这个听歌的人来说，达明一派的《石头记》是所有高逼格歌曲中旋律最优美的，所有动听好歌中最有文化深度的。

甚至至今我仍认定，说它是经典中的经典，都略微有些对不起它，因为从很多方面来说，《石头记》的价值，早已经从文化层面上超越了简单的地域意义、流行歌曲级别，从容进入了当代艺术的层次。

真爱《石头记》，未必在意它傲视群雄高品位的文化艺术出生证。但如果是拿来速成品位，这个来历还是很有价值的。

有一个介于小众和知名之间的话剧团体“进念二十面体”，我们还算熟知的香港话剧导演林奕华，就可以说出身于此。他们编了一个舞台剧《石头记》，表演的是三块石头在三个不同时空的遭遇。而达明一派的这首《石头记》，就是舞台剧的主题曲。类似身份的粤语歌曲，还有黄耀明从达明一派单飞之后，为电视剧《石头再现记》唱的主题曲《风月宝鉴》。

《石头记》的填词团队很强大，有常年旅居巴黎，在牛津大学出版社出中文随笔小集子的香港专栏作家和翻译家迈克；有达明一派早期的御用填词人陈少琪（此君曾在喝咖啡时表达他的成就已经不限于填词，参与了《北京欢迎你》的幕后编曲制作）；另外进念二十面体也署名了。由此可见，歌曲内容跟舞台剧一定异常密切。

熟悉《红楼梦》的人，一眼就可辨认出其文化营养的传承之处。

当年我作为学理科的“没文化人士”，就抄了一遍《石头记》歌词寄给老友，当初一起玩闹的老友记，一向自矜文学水平高于我，只谈旧友谊、不论书生事，没事还给我纠正个错字读音的那种级别。

我们往返讨论几次《石头记》歌词映射《红楼梦》的深意之后，他却开始感叹：“学理科的人可以自己提升品位，学文的人却永远搞不懂你们的公式、实验和分子式，看来还是理科值得占用求学时光……”

是的，《石头记》歌词的水准高绝、奇崛——千万不要联想所谓的“古风”歌曲。把它与那些随意拼凑诗词文字碎片的歌曲相提并论，是侮辱它，也是在侮辱我们自己的智商。

“看遍了冷冷清风吹飘雪，渐厚，
鞋踏破，路湿透。
再看遍远远青山吹飞絮，弱柳，
曾独醉，病消瘦。”

只开头这两句，就唱尽了美学层面上的孤寂、自怜，逼真还原了《红楼梦》中渲染的“落了片白茫茫大地真干净”氛围。尤其是描述雪中蹒跚的动作“鞋踏破、路湿透”，以及一个人历尽沧桑后，回看前尘的“曾独醉、病消瘦”，简单十二个字，写尽苍凉与眷恋。

而四大家族的种种鲜花着锦的繁华三春盛景，十二钗看花写诗喝酒听戏的十丈软红、贵族奢靡生活，以及金玉良缘、木石前盟的小儿女心事，也是用两句话就高度概括：

“一心把思绪抛却，似虚如真，
深院内旧梦复浮沉。
一心把生关死结，与酒同饮，
焉知那笑靥藏泪印。”

反复吟唱的副歌，不是举重若轻的高度概括，而是隐隐约约在诉说王熙凤的悲哀、金玉良缘的悲哀。很贴切剧情的“丝丝点点计算”“纷纷扰扰作嫁”略微写实，虽然落实了《石头记》的故事原型，难免有些从天上回到人间的感觉，通透和禅意是有了，但跟前两段天外飞仙级别的写景抒情比较，未免显得有些空灵不足。

既然说它是流行歌曲，不是纯粹的“绝妙好辞句”，音乐的分量自然是非常重的。

只要听见曲首第一次竖琴滑音（虽然一直觉得，这应该是天才音乐人，用电子音乐混音模仿的），就已经可以充分感受到它的古意盎然，以及现代都市人通过时光烟云，感悟历史的微妙怅惘。

人声歌唱开始之前，前奏本身已经精彩到令我狂喜莫名。尤其电吉他貌似闲散奏出的副歌主旋律，隐约在慨叹“丝丝点点计算”的气氛，但强烈的音符粒子带来微妙的不协和感，在异常现代的电声乐器混音中，很吸引人的注意力。人声反复吟唱这段副歌时，混音更繁复交互，电吉他并没有彻底沦为背景声，而是清晰可闻，就像乐器和人声的彼此对答、反复吟唱。

而两段歌词中的间奏部分，刘以达亲自吹奏的横笛更是亮了，瞬间在英式电子音乐和《红楼梦》的意境之间，袅袅灵魂沟通。

正因为刘以达负责全部的音乐制作，如写曲、编曲、演奏和混音，我可是一直爱达叔胜过明哥的。

记得我念高中时，上街买杂志路过录像厅，看见用粉笔歪斜写的放映预告，今晚只播一场的电影《金燕子》，主演是钟楚红与达明一派。

如同被导弹击中，我这晚再也没法安心自修做作业——要知道那个年代，没有互联网，连 VCD 碟都没有，除了价格高昂的录像带，就是价格更高昂的镭射大碟。自己买片子看这种事，是绝对不可能的。

那时候的我已经听过《石头记》，对达明一派的爱如烈火熊熊，却囿于资讯匮乏，除了磁带封面两张照片，什么都没有。一旦有机会看他们的电影，渴望升腾起来，再也无法压制。一咬牙，决定晚上逃课去看：反正晚自习每天总有，而高考还在大半年之后，可是惊鸿相遇了一部不知名的电影，谁知道这个偶然，此生是否还能再来一次？

那时候的住校管理非常严格，天黑之后就锁宿舍门、学校大铁门——住校生比例非常少，且寝室有课桌椅配备，晚自习是在各自寝室进行的。所以，决定去看达明一派的代价可并不仅仅是逃课而已，还意味着爬近两米高的大铁门！

热血支撑着我独自翻墙爬门，黑暗中一个人走过路灯昏暗的街，跑去江边老电影院改建的录像厅。

虽然领衔主演的钟楚红是大牌，但电影《金燕子》实在是乏善可陈，算是当年诸多抄袭徐克《倩女幽魂》的鬼片之一，还抄得没啥诚意，甚至剧情都有八成类似。特地跑来看的达明一派……当然只有主唱黄耀明出镜了（这一点令我异常失望），他饰演的呆萌书生也有些表情生疏，绝对没法跟张国荣拼演技。

以看脸为主的一个半小时过去，我还没开始默默检讨这么艰辛的逃课是否值得，电影已经到末尾：误闯妖魔世界的书生回到人间，痴情女妖化身为窗外枝头小小的金燕子一只。这时候，《石头记》那惊艳的前奏响起，电声竖琴滑音顿时勾起所有感慨。

其实这首歌的普通话填词版就是《金燕子》，但是这个故事太无聊，普通话版再努力，也没法达到脱胎《红楼梦》的粤语版水准的百分之一，所以千万不要找、不要听《金燕子》，会浪费你的心意，它只会让你顿足后悔——只是顺便友情提醒，不用谢。

曾经从业流行音乐圈子几年，转行后照样痴迷听歌至今，而且执迷文字造成了致力收集中文流行乐，相信应该不会错过什么经典佳作了。我可以算负责任地说，就单曲而论，也许有旋律更动听的、有唱功更高杆的、有文字更美的，但《石头记》是不同的。

音乐和文字的魅力叠加，《石头记》是流行音乐史上的一个奇迹。

黄耀明单飞之后又一次吟唱脱胎自《红楼梦》的歌曲《风月宝鉴》，

里面有唱道：

“过眼云烟里兜兜且转转，
从顽石凿取每滴甜。
死心眼塌地千洗百炼、
炼石去补青天
……
守得到信念、等不到兑现，
补不到奈何天
……”

这首歌很有意境，也恰好抓住了《红楼梦》某个层面的神髓。

若放在一起比较，你就会感受到，一首好听的经典歌曲，与一个传奇的差别。

年度十大中文金曲之类的荣誉，并不能为它加冕，最多只是证明，那时候投票的香港歌迷与媒体还是有欣赏能力的。

是的，你已经不能把《石头记》简单当成一首流行歌曲对待。它可以轻松装点我们人前的品位，也能悸动争斗中疲惫的灵魂。它更是我们观照香港文化圈子，感悟中华文明的一面风月宝鉴，跨越千年，与中华文明历代文化灵魂回响、共鸣。

但漂亮笑下去

_ 刘傲冰

“其实我怕你总夸奖高估我坚忍，
其实更怕你只懂得欣赏我品行。
无人及我用字绝重拾了你信心，
无人问我可甘心演这伟大化身。
其实我想间中崩溃脆弱如恋人，
谁在你两臂中低得不需要身份。”

林夕作词的歌曲《钟无艳》，可谓是唱出了怨男痴女的无限感伤。作为经典的粤语歌曲，我们常常可以体味：即使是同一首歌曲，粤语填词相对于国语填词都会显得更为动听和朗朗上口。其实，如果从音调、音频和音色上讲，粤语歌词声调变化与歌曲旋律变化基本相一致，这成了粤语歌曲好听的保证之一。粤语歌独特之处是因为粤语歌词创作时就要考虑的问题：协音。协音就是歌词声调变化，要和歌曲旋律变化基本相一致，否则将会很难听。这和古代词曲创作中考虑平仄相似，但比平仄要求高。在当今粤语歌坛写词要讲求押韵这件事，与粤语发展至今仍然保留着大量古汉语词汇是分不开的。粤语一共有9个声调，这样多样化的声调，造成了说话时音调的抑扬顿挫。粤语的歌词在粤语有这样好的声调基础上，可以进行创作发挥的方向更多，可以更好地让词曲契合。

非粤语人士觉得粤语歌好听可能有这个原因，同时也因此觉得很难学，因为有太多独有的韵母。我们在欣赏粤语歌曲时，可以说是听不懂的听旋律，听得懂的在听情怀。

这首歌曲以“钟无艳”为题，便不得不提及钟无艳的故事。钟无盐（“艳”应为“盐”音误所致）又名钟离春，是历史上有名的四大丑女兼才女。她的故事最早见于西汉刘向的《列女传》中的《辩通传》，据说钟无盐德才兼备、却容颜丑陋，年四十未嫁，许多古书里动不动就说“貌比无盐”，跟“貌如西子”呼应。钟离春虽然长了一副让人吃惊的模样，但她志向远大。当时执政的齐宣王，政治腐败，国事昏暗，而且性情暴躁，喜欢吹捧，钟离春为拯救国民，冒死自请见齐宣王，陈述齐国危难四条，齐宣王大为感动，把钟离春看成是自己的一面宝镜。其谏议为宣王所采纳，立为王后，从此齐国大治。至于夏迎春应为后世戏剧中添加。意说齐宣王在立钟离春为后之后，同时也宠美貌的夏迎春。齐宣王在国家有难之时，宠幸貌丑之后钟无盐；平安时则宠幸貌美之妃夏迎春，于是便有了民间戏语“有事钟无艳，无事夏迎春”之说。

《钟无艳》这首歌把女主同钟无盐做了类比，提取了对待感情主人公所具有的共通之处，使得作品有了跨越时空的艺术张力，这是一种文学上常见的手法。说明林夕确实想象力丰富，拿捏自如。

通过对通篇歌曲的赏析，从一开始的“怕你总夸奖高估我坚忍、其实更怕你只懂得欣赏我品行、无人问我可甘心演这伟大化身”，主人公深知自己受到夸奖赞扬只是因为对方欣赏自己的坚忍、伟大的品行，却从未在看待个人的角度单纯地喜欢，只是对人格的尊重，从而说出了自己希望得到懂得欣赏，抑或者不是欣赏，而是喜爱，针对个人并非单单的品行。

“其实我想间中崩溃脆弱如恋人，谁在你两臂中低得不需要身份。”救世主的角色当然要坚强无畏，而事实上我也想“崩溃脆弱”一回。崩溃脆弱可能也有朋友方式，但也可能我们不能有朋友方式了。更多的是，我想，“如恋人”，“无奈被你识穿这个念头，得到好处的你，明示不想失去绝世好友”。有“被你识穿”“明示”，那就是说，面对女主人公的心声表露，立刻得到了断然的拒绝，对方以朋友的措辞将她的感情推开、摊牌。

“其实我怕你的好感基于我修养”与“其实更怕你只懂得欣赏我品行”一个意思。希望你爱我，不是只爱我的修养。这可能是最让人心伤的部分，仅仅只欣赏你的品行却无关风月。“没有得你的允许，我都会爱下去，互相祝福心软之际或者准我吻下去”这句够残忍，前两句那么决绝，后一句又成了你的奴婢。“心软之际”我“爱下去”

可以看到描绘的主人公仍有些自欺欺人，盼望着终有一天能有感动对方的时刻，不愿意离开，选择苦苦痴守。

“我痛恨成熟到不要你望着我流泪，但漂亮笑下去，仿佛冬天饮雪水”这句的词作可谓画龙点睛，用真实的通感将心伤入木三分刻画，一味坚强的隐忍、不能将心绪丝毫表露一分，强颜欢笑背后犹如冬日饮雪水，痛彻心扉。“被你一贯的赞许，无须装说下去，在你悲伤一刻必须解慰找到我乐趣。”只有在你悲伤的那一刻，只有在你必须找安慰慰藉的那一刻，才会想到我。只有在这一刻，我在你眼中，才有那么一点点乐趣。或者这句更残忍的解读是，只有在这一刻，我才能从你身上，找到我生命里的一点点乐趣。

“我甘于当副车、也是快乐着唏嘘”却“哭着笑最痛”在对方的生命中甘愿当一个不知名的配角，即使只有在被需要时才会被想起，卑微地被安慰自己的心，却不知道哭着笑是最痛的。最终也只能“却没法撞入堡垒”，所做的一切不过是石沉大海，触动不了对方的心，撞不出一点点声音。一个人这样沉溺，沉溺到不问结果、不求回报，善意的提醒。但是她不愿意接受，这原来有多少无奈、多少不妥协。后两句看起来更像是她对这句话的一种解释：我的境界并不像月亮，并没有那样超脱，我做的只是最卑微的部分，这才是我的真相。“你的她怎允许，结伴观赏雪的泪。永不开封的汽水，让我抱在怀内吻下去。”可能“汽水”是作者自身拥有的独特故事，有关“汽水”的具体指向，也引起了很多听者的各自分析，但无论如何，有着相似经历的人都会有着情感的共通，无非作为一个一味付出的人，收到了微弱的回应，对方所赠之物成为永远舍不得开封的念想和记挂，明知无结果还要自欺欺人，将“汽水”作为私有的记忆安放在心底最深处。

林夕描绘这种微妙的感情时，可谓是针针见血，一个独立、坚忍、外表坚强但又渴望呵护的脆弱女性形象呼之欲出，《钟无艳》这首词深入你心，正是因为很多人都曾感受到过这种求之不得、自甘为配角的苦吧。对于同一个歌词作品，人人都会有自己的理解和解读。对作品解读的时候，可能会出现误读或者过度的解读，但是在每一个人解读一个作品的背后，他所理解的、刻画的，最终都回归到了自身的感触之上。每一个人心中都有一个属于他自己理解的钟无盐，或许这才是一部作品的伟大之处。

我们一生所爱的人呀，最后去了哪里？

_骆瑞生

不知道是否是怀旧情绪缠绕了我，这几天总有一种惆怅，于是重看了一遍《大话西游》，看到最后，孙悟空附身东瀛武士，吻了那个女人时，这首歌忽然响了起来，这时一阵震撼，以至于说不出话来。

我不是一个很容易被电影影响的人，所以在看紫霞仙子死去时，也是没什么心绪起伏的，唯有看到此处，竟然心神一荡，不能自已。

我想，这大概是《一生所爱》这首歌的魅力吧，高亢而苍凉，犹如破空之箭，突兀而凌烈地射来，之前并没有一点准备，就直直地被射中了。这首歌如此地符合这时的情节，如此不着一语地解释了整个故事。

孙悟空尽管斩断了情欲，尽管信奉了佛法，但是在那一刻他一定想起了那个叫紫霞的女人，心里骤然疼了一下。他知道他再也不可能重温旧梦了，所以当看到东瀛武士时，他是羡慕的，因为这个人就像当初的自己，有份爱情在眼前的时候，自己没有去珍惜。可是东瀛武士还有机会，还可以走过去吻一下那个女人，但是自己却不能够了，紫霞仙子早已香消玉殒，永远也不可能吻到了。

孙悟空一定想重新有这样一次机会，可是机会过去了就是永远过去了。不珍惜眼前人，那就只能在以后的岁月中永远地憾悔。所以他才代替东瀛武士去吻了那个女人，他已经明白了爱情，但是一切都已经晚了，然而东瀛武士还有机会不去辜负一个人。

最后，在斜阳下，孙悟空犹如完成了自己的心愿一般，心满意足地踏上了取经之路，只留下那首让人肝肠寸断的《一生所爱》。

就如《一生所爱》一开始的那句歌词："从前，现在，过去了再不来。红红落叶，长埋尘土内。"

紫霞仙子到底如红红落叶，埋在了孙悟空的记忆里。

其实我知道这首歌要比《大话西游》早，我是在极其偶然的机会下听到的。乍听之下，恰如被雷击中般，不相信耳朵似的，竟然有这么好听的歌。我并听不懂粤语，可是听这首歌时，又似乎听懂了，很奇妙的事情，这首歌的歌词似乎道尽了人所有难以言语的心事，难以剖明的秘密，就那么赤裸裸地呈现在人面前，让人有一种疼痛的快感。

听这首歌需要有些经历，最好是经历过一段刻骨铭心的爱情，不然只是听听旋律而已。一旦有了此中经历，这首歌便犹如一把锋利的刀，逼着你去剖解自己的往事，将那些好不容易隐藏起来的事情再次拿出来，再次在那或快乐或悲伤的回忆里游荡一圈，似乎一切都明朗起来，你并没有改变，记忆不是记忆，而是现实。所以这首歌也不能多听，人总不能一直沉浸在回忆里。

幸而这首歌并不流滑，虽然哀婉，但另有一种朗阔，犹如在李商隐的诗里加入一些王昌龄的豪气，似乎在说，尽管感情流逝，但仍有一种深情在，这种深情不是儿女低吟似的沉溺，而是一种迎风扑面的风霜和沧桑。这便是这首歌能区别那些流行情歌，而成为经典的原因。

相较于别的歌手，《一生所爱》的歌手卢冠廷算是很低调的了，这首歌越受人欢迎，歌手的处境就显得越落寞，他很少在媒体上亮相，大多数工作都是在幕后完成。不过这首歌却逆海泛起，始终萦绕在人们心中，我想这对歌手来说不算坏事，只要作品流传于世就足矣，至于自己，几人记得，几人忘记又有什么关系呢？就像是古代的大侠，隐居起来，不求显达，只醉心于自己的武学而已。

我不知道卢冠廷是怎么才将这首歌唱得寸寸柔肠，令人动容的，我想他一定是了解了一些事情，历经了许多人生，有了许多感悟吧，唯有如此，才可以在沉寂中爆发，在爆发后又悄然地归于沉寂。这首歌就是如此，总在出人意料处爆发了，又在人念念不忘处收尾了。

我想能唱好这首歌的人一定是不平凡的人，因为有那么多人翻唱这首歌，但是没人有卢冠廷唱得好。

听这首歌时，我就忍不住想，也许每个男人的人生中都有一个紫霞仙子，每个女人的人生中也有一个至尊宝，每个人都曾爱过一个人，也被一个人爱过，每个人都曾负过一个人，也被另一个人负过。但到头来，终究是南柯一梦。不管是爱与被爱，负与被负，到底是竹篮打水，成了镜花水月。

至尊宝遇到了白晶晶，以为是一生所爱，但到底还有个紫霞。

紫霞遇到了至尊宝，的确是一生所爱，但是却又爱而不得。

至尊宝以为自己只爱着白晶晶，但是紫霞的一滴眼泪让他明白，他最爱的是谁，可是当他想回头时，一切又太晚了。

造化弄人，世事变幻，而人多是无能为力，唯有不忘记，不提起。

记得我曾和一个人默默地听着这首歌，那是一个很没有缘由的日子，我大概在听了这首歌许久后，惆怅无端，非想要分享给她不可。可是我又和她隔着 12 小时的时差，亦不能中途就叫她起来。于是终于等她醒了，又待她梳洗好了，才让她找到这首歌，我兴冲冲地准备着，努力和她同时播放，于是我们隔着一万多公里，隔着整整的太平洋，默默地听着这首歌。尽管我这边是夜晚，她那边是白天，但是那首歌依然给了我很美好的感受，以至于在很久后想起这一幕都禁不住想微笑。

有时候人会走散，有时候事情会淡忘，但那种美好的感觉会像是一抹阳光那样，给记忆打下坚实的暖色调，不管以后是否忘记了那人那事，只要回想起来就会觉得温暖。尽管这首歌是那么伤感，但是却依旧给了我很美好的感受。

再往前一些的时候，那时候我高中，我同桌是个很美好的女孩子，她会在上课的时候，在阳光和煦的下午，悄悄捧出她那本厚厚的笔记本，然后在上面抄歌词，我记得在她日记本的某一页，就安然地躺着这首歌的歌词：

“从前现在过去了再不来，
红红落叶长埋尘土内。
开始终结总是没变改，
天边的你漂泊在白云外。
苦海翻起爱恨，
在世间难逃避命运，
相亲竟不可接近，
或我应该相信是缘分。”

当我翻到这一页，我停下来，摩挲着笔记本，问她这是谁的歌，她笑笑说，我也不知道，只是看到词好就抄来了。于是那节课，我在默默地念着这些词，完全没有旋律，但是这首歌却是那么像诗歌，让人朗朗上口。那时年轻的我并不太懂其中的意思，但是心里却胀胀的有些疼，许多年后，我想起那个下午，竟然产生了无限的缱绻。那真是一个美好的时候啊。

再把时间推到更久以前，大概是1995年到1996年，或者再往后一两年，我曾在录像厅看过《大话西游》这部电影，那是很模糊的印象。我那时候喜欢孙悟空，只要是有孙悟空的电影都会嚷着要看。我在一个很晦暗不明的时候去看了，情节早就记不住了，什么都忘记了。

但是因为《一生所爱》就是《大话西游》的主题曲，所以我肯定无意识听到过这首歌，这首歌曾经在我还是小孩子的时候，就必定轻轻回旋在我耳边，真是奇妙的缘分啊，尽管那时我并没有意识到，但是我和这首歌的缘分就这么无意地开始了。

时间再一下子回到现在，就在前几天，我和另一个人坐在沙发上看完了这部电影，那时我明确地听到了这首歌，当那个音符响起时，我知道，这首歌就叫《一生所爱》。

身边的人走散了几遭，爱过的人也换了，我自己也长大也改变了，但是这首歌却犹如我的人生插曲一样，时不时地出现在我的生命，我的成长，我的爱情中，处处都可以隐约地追寻到这首歌的影子，这是多么奇妙的缘分啊。

这首歌我还是会听下去的，那时世界上必定有数不清的歌了，不过我想我也许不会去听了，一首歌总会属于一个时代的人，新的歌就让新时代的人去听吧。而那时，身边的人身边的事，又是什么样的面目呢？

命运就算颠沛流离，
我愿一生永远陪伴你

_ 一颗丸子

我很少听粤语歌，不知道为什么对粤语一直都喜欢不起来，但《红日》却打破了这个例外。

喜欢上《红日》，是三年前的事。

《致我们终将逝去的青春》里，郑微冲上礼堂的舞台唱了这首《红日》。

“命运就算颠沛流离，
命运就算曲折离奇，
命运就算恐吓着你做人没趣味。
别流泪，心酸，更不应舍弃，
我愿能，一生永远陪伴你。”

全场的人都热血沸腾了，站起来鼓掌欢呼，一起为倔强青春喝彩，为这个时代呐喊。这首歌，是郑薇为陈孝正唱的。全场人没有一个人听懂，而唯一能听懂的那个人却离开了。

郑薇和陈孝正分手，我没有哭。郑薇哭着对林静说“我们结婚吧”，我没有哭。甚至阮莞死的时候，我也只是心痛了一下。可是看到郑薇挥着手臂，声嘶力竭地唱歌时，我顿时泪眼朦胧，哭得撕心裂肺。我难过的不是陈孝正的离开，而是郑薇敢爱敢恨的勇气，还有她看着陈孝正离开时落寞的眼神。回忆翻滚，一瞬之光，我仿佛看到了曾经的自己。

你曾经奋不顾身过吗？为了喜欢一个人，什么都愿意去做，直到筋疲力尽。那时候的我，天不怕，地不怕。

说到底，我也曾是个敢爱敢恨的人。曾经喜欢过一个男孩，把他当成我的全部。

未熟的青春，大都是从暗恋开始的。那个男孩没有很帅气的外表，却有着自己的人格魅力。也许是他的努力打动了我，也许是他的优秀却低调吸引了我，总之我就是顷刻间像跌进了一片深不见底的湖水里，在心头掀起了一层又一层波澜。我的眼里，心里，世界里全部都是他。

我每天给他发短信，即使没有话题也要没话找话。我给他写纸条，鼓励他学业要一直加油，即使自己的成绩惨不忍睹。我给他叠幸运星直到半夜，冒着雨蹲在草坪里给他找四叶草，全然不知自己耗费了多少本应该拿来学习的时间。

而那时候，他就是我的红日之火。我伤心的时候，他的一个眼神就能代替所有；我挫败的时候，他的一句话就能重新给我力量；我孤单的时候，他的一个身影就能让我的世界缤纷多彩。

我总是想：我的世界，有他出现真是太好了。所以，我一直觉得，只要我一直对他好，他也能看到我的好。如果可以，我愿意永远陪在他身边，从漫长的岁月到时光的尽头。

“从何时有你有你伴我给我热烈地拍和，
像红日之火，燃点真的我，
结伴行，千山也定能踏过。”

一年的时间，但凡情商为零的人也该有所察觉了。

就在高考结束后，我问他报了哪所学校的时候，他问我：你不是喜欢上我了吧？

我知道，如果我现在不说，可能永远都没机会了。所以，我很勇敢地告白了。

而他却说：我只想跟你做同学。

堆积的勇气，瞬间崩塌。有的人之所以不敢表白，是怕永远失去他。所以，他们宁可把这份感情深埋心底，烂在青春里。可我偏偏不要，就算结果不尽如人意，我也要告诉他：我喜欢你。

但是，被拒绝的滋味真难受啊。当一厢情愿和自作多情被现实无情扒开的时候，自己就再也骗不过自己。

之后，我看到他在空间里写的一篇日志，原来他心里有一个暗恋多年的女孩子。我多羡慕那个女孩子啊，可以被他刻骨铭心地喜欢着。我忍不住咬着被角号啕大哭，几乎到了崩溃边缘。我蹲在床边，抱着自己的双膝，眼泪止不住地往下流。为什么，你就不喜欢我呢？我对你那么好，你喜欢我一下能死啊？

人们常说：没有拥有过，如何谈失去？

我的恋爱，还没开始，就已经结束了。

我的世界，我的心，一下被抽空。而明明无法忘记，却还要装作毫不在意，在他的身边以朋友的身份继续存在着。

喜欢一个人只需要一秒钟，而忘记一个人或许要一生。虽然，我忘记他没有用掉一生那么久，却在无比漫长的一分一秒中挣扎过来。喜欢他用了一年，忘了他也用了一年，我和我自己终于扯平了。

后来，如同蹩脚的剧本，剧情发生了大逆转。

他对我说：我喜欢上你了。

那时候我已经开始了一段新恋情。我看着他发来的这句话，哭笑不得。

你早干什么去了？早干什么去了？你知道我用了多久才忘了你吗？我喜欢你的时候，你不喜欢我；我爱上你的时候，你才看到我；我忘了你的时候，你才知道喜欢我。我们这一生，此起彼伏地错过。最后，你我的感情注定只能活在青春里，在最有勇气的年纪。

我没有给他唱过《红日》，可他曾是我的红日。

啊，对了。看那部电影的时候，坐在我旁边的，就是我曾经喜欢过的那个男孩子。此时此刻，我们都不是从前的我们了。我不再是喜欢他的那个我，他也不再是被我喜欢的那个他了。我们是一辈子的好朋友，对于青春的酸痛和遗憾终究置若罔闻。

可《红日》那首歌亢奋地响起的时候，我想起了我轰轰烈烈的青春，想起了疯疯傻傻的自己。我偷偷看了一眼旁边的男孩子，在心里说：我也曾奋不顾身地喜欢过你。

电影结束之后，我很想抱抱他，抱抱我逝去的青春。可我没有，因为我已经失去了义无反顾的勇气。

郑薇说：只有阮莞的爱情是不朽的。因为她死在了青春的终点，她死了，爱情也在那一个画面定格了。我们都曾经是《红日》里那个少年，像郑薇那样敢爱，死缠烂打过，也像阮莞一样用全部生命去爱过。郑薇唱的《红日》，又让这首歌重回人们的耳际，又让人们想起年轻澎湃的自己。

《红日》的原曲来自日本歌手立川俊之演唱的《それが大事》。这首歌其实是李克勤和袁咏仪 1992 年拍的电视剧的主题曲，所以他来写歌词。写的那天他因为拍戏几天都没睡觉，又赶时间，他就坐在 TVB 的停车场里写，3 点多拍完戏写到天亮。他在写的时候就看到有的艺人才下班回家，有的艺人六七点钟睡饱了来上班，当时就觉得自己的命运为什么会这样，他的搭档都拍完戏回家了，他却还要躲在这个地方写歌词。“命运就算颠沛流离”写的是他自己，他需要这样的一首歌来给自己打气。所以，他才要向命运发起挑战。

去年，《蒙面歌王》的结尾再次响起《红日》，李克勤成功唤起了一个时代的记忆，“要在80后的青春里找一首歌，一定有《红日》；要在所有人的脑海里找一个歌手的名字，一定有李克勤”。

开过无数场演唱会的他难掩激动地在场上跳了起来，猜评团和现场观众纷纷起立，全场自发大合唱《红日》：

“命运就算颠沛流离，
命运就算曲折离奇……”

李克勤动容的眼泪在眼眶里打转，他哽咽地说：“我希望在这个节目之后，内地会有多一点人喜欢李克勤的音乐，所有人都会认得出李克勤。”结束了《蒙面歌王》的本期录制，李克勤依然难掩内心的激动，他坦言完全没想到会有这样的“感人瞬间”：“完全没有想过全场观众朋友会一起唱《红日》，拿了歌王已经是想不到的事情，已经很激动了，原来观众很喜欢自己。”而全场齐唱《红日》的一幕，也被猜评团成员喻为“历史性的一刻”。

《红日》就像一个时代的脚本，感染着每个人。我们用尽力气和命运对抗，不顾疼痛。李克勤可能也未曾想过，他那首不畏艰难、勇往直前的歌，会变成青春里青涩爱情的勇气篇章。

人海里漂流，我们从亲密无间到陌生无关，只剩眼泪的沉默。再见，再也不见。不见的不只是你，还有我自己。多年后相见，不枉相遇一场。人生，爱情，却不曾后悔过。怀念变成华丽的错觉，遗憾变成完美的残缺，这是青春最好的结局。

谢谢你曾是我生命里的红日，如果时光从头来过，我还是会喜欢你。这首歌，让我唱给你听：

“命运就算颠沛流离，

我愿能一生永远陪伴你。”

岁月长，衣裳薄

_安 迪

如果说，你总需要那么一首歌，最适合当成旅伴，独自走天涯时用来慰藉取暖。那么对我来说，这首歌必须是《再见二丁目》。

在少年不识愁滋味时，我恨不得向每个人强烈推荐黄耀明演唱的版本，实在是喜欢那低沉收敛唱法里透出的怅惘意味，总觉得根本不必听他在唱什么，只要这样的旋律这样的声音传递出丝丝惆怅，已经值得铭记在心。

但很可惜大多数人听我安利之后，回馈都表示："是啊这歌确实很赞，难怪杨千嬅现在这么红！……歌词实在是好！"

会特意提及歌词，其实并不意外——听粤语歌的人，往往会先看一两遍歌词。而这方面，《再见二丁目》得到年度歌词奖只是一个引子，重要是人人都会不由自主被歌词吸引，好评云来。

由头或者是在林夕作品集里面，他弟子林若宁公开来一句"林夕说，《再见二丁目》可以当作写词的教科书"，还认真解释半天什么是描述景物、什么是抒情和说理，而且同一首歌要三者比例恰当，效果才好云云，吸引了一帮爱欣赏、玩味词作的，欢喜赞叹词人之新巧流丽、哀而不伤。

于是，在那么一波不仅仅爱听歌还爱多想、热衷品位的认真歌迷心目中，这首歌的身价顿时不凡起来。

于是，还有神交多年的老友拿《再见二丁目》来严肃赞美，“其实并不是他的伤感比我们深刻，只是他文字太高明，表达得比世人高明”。被她用来举例表明林夕如何高明表达伤感的金句，自然是这歌里面最被人称道的那两个点睛之笔：

“情和调随着怀缅变得萧条”；

“原来过得很快乐、
只我一人未发觉；
如能忘掉渴望，
岁月长、衣裳薄……”

尤其是这“岁月长、衣裳薄”六个字，很有宋词意境，于是在当初的论坛里，被各种分析、引用、思索和点赞，人人争相从中看出其中更多深意——包括我。

好吧，虽然相当一段时间不太喜欢杨千嬅，哪怕特喜欢她唱的歌，依然有意无意回避记住她的声音与形象。但遇到好歌时，不必非要去争论哪位歌手的版本才到位，只需要听着旋律时，享受那微凉踏遍天涯的小忧伤意境……各人用自己的方式喜欢，不是挺好？

今年初夏，终于有机会实现夙愿，逛一圈意大利以及周边，才真正体会到“传来异国民谣”的心情。

比如在威尼斯。

星期天的圣露琪亚火车站阳光灿烂，人流攒动。列车吞吐汹涌人流，加上站台几步之遥的热闹店面，觉得都快看不过来了。幸亏网络预约好住宿的房东靠谱，表示因为地址不好找又离得近，索性亲自来火车站接人。

拖着箱子刚刚走过火车头停靠位置，就是约定的店面。最多等一分钟，微笑的房东就已抵达。跟着她转过店面，才走区区几米，就已经是面积不怎么大的火车站大厅。

热烈的音乐声扑面而来，语言极其陌生但旋律很熟悉，是异常经典的圣歌。只见老大一圈围观人群中间，是披着修女白袍的三四行女子，在简单的一两件乐器现场伴奏下，手牵手摇晃着身体，表情虔诚而愉悦地吟唱。

周遭围了一大圈显然是刚刚下火车的旅客，连自己箱子都不顾了，好多举着手机在录视频。

在这个到处都是圣徒的国度，圣歌就是真正的本地歌声了吧?

我心动难耐，却不好意思耽误来接车的房东的时间，也冲上前去录视频，只能频频回首，异常依依不舍地跟着出了车站大厅。

明晃晃的阳光流泻台阶上下，也同样照耀着站前大运河的河道，水面熙熙攘攘大小船只往来，左手边台阶拱桥上，人流更密集得几乎要遮住了桥面。

灌了满耳朵听不懂的各国语言——威尼斯火车站前的游客发声多于本地人的意大利语，这一点都不难理解。但我心里，却无法自控地一直默默重复两句熟悉到刻入骨子里的歌：

“唱片店内传来异国民谣，
那种快乐突然被我需要；
不亲切、至少不似想你般奥妙，
情和调随著怀缅变得萧条……”

有趣的是，黄昏在更宏大辉煌的圣马可广场，面对全班交响乐队伴奏的近百人大规模唱诗班，反而没有找到火车站炫目阳光下这一瞬间的感动，听一耳朵就走开了，情愿坐在密密麻麻青绿苔与水草的海边台阶，看下班的贡朵拉陆续停泊在杂乱的木桩之间。

另一次类似的被触动，则是在托斯卡纳地区的袖珍老山城Monticchiello。

那天因为在锡耶纳看斑马教堂，以及被城中堵车耽误了些时间，按导航开到山脚下开始爬坡找山城大门时，阳光已经泛出金红色。好不容易联系上房东，在指引下，车又重新下坡去待在外面的停车场，人才艰辛地重新爬变态的大坡，回到石头城门口。

幸亏“越是小地方的房东越友善”定律发挥作用。房东亲自开车，把我们的行李载到老石头城里的小巧石头房子门口——几乎每个意大利城镇都有外地车牌禁行的老城区。或许理由是老街太窄、石头路太不适合不熟的人开车？ Monticchiello 整个小镇都是文物级别的老石头房子，加上窄街和巨大坡度，自然全面禁行。

一下车，我就呆住了：斑驳苍老的石块房子门口，一树差不多两人高的浅黄色欧月拔地而起，静静散发幽香，就像从铺地的碎块石头缝里挣扎出来的。夕阳下，绿叶被繁花遮得快要看不见。地上薄薄一层飘落的花瓣，反而更显出植物的蓬勃与华丽。

房东向我们介绍各种生活设施时，并不介意被各种关于巨型欧月的赞叹打断，还一再表示，所有设施都可以动用。

我在不起眼的角落见到一套书架音响，只播放 CD 加上收音机的那种老款。随手翻翻旁边明显听旧的歌剧碟们，无奈抽出唯一认识的帕瓦罗蒂，声音拧到最细小，人跑到外面倚靠栏杆，努力在没有光污染的夜里，辨认夜风带来的隐约花香……

那个瞬间美好得无法形容，恍惚不知今夕何夕。

然后，被灌一耳朵帕瓦罗蒂的夜里，又想起《再见二丁目》。

而自己轻哼时回想着的歌声，居然是杨千嬅版的。

这里不是东京所以没有二丁目，也没有绿茶和金属摩卡壶手煮的咖啡香。值得庆幸的是，托斯卡纳静谧的夜很适合感叹旅行的真谛。人家房前屋后随意栽的橄榄树不可能散发出气味，很有气质的浅灰绿也全部隐没在了黑暗中，但就凭残留记忆，也比路边的柏树更能装品位高的……种种景物的不同，相同，是涌动心头莫名的感动。

“原来过得很快乐，
只我一人未发觉。
如能忘掉渴望，
岁月长、衣裳薄……”

夜风中突然失笑：如果再来点失恋做点缀，这个夜将会矫情得可爱。

——果然，我们在畅游异国放心吃喝时，我们在听见各种高逼格异国民谣时，真正心底流出来的旋律，还是原来就刻在骨子里的那些。

这种某个瞬间沟通天地和过往的微妙感受，在法国南部又重温了一次。

那天是特地安排的一场小镇一日游，可惜事前计划的 6 个法国最美小镇，却只走了一半。租来的毕加索车很神奇，好不容易驯服它开始前行，所有精力都用来苦苦研究坑爹的导航，根本分不出勇气来关注更神异的收音机，连关闭键都找不到，于是，只要人在车里，就会听见阿拉伯风味的隐约歌声——为毛在法国租的车里会自动播放阿拉伯民谣？这真是一个无法理解的诡异事实。

略一停留就离开海边阳光明媚的戛纳，先是找到山顶的格拉斯香水小镇，然后冲入隐没群山的云雾，开往凡尔登峡谷。

我们郁闷中咬牙前行，进山之后时常来一阵雨，紫色线状闪电偶然在车前十几米闪动。暗沉沉的云雾缭绕得非常过分，视线经常只有十几米。到了世界第二峡谷凡尔登，雨下得越发紧了，哪怕只蹦出车，拍一张路过照，都有被雨浇透的趋势。

谁都没想到，快到峡谷旁的圣十字湖时，乌云却裂开数个小口，人和车都进入洒下的阳光柱小小范围，四周依旧暗沉，小小一片光圈中的湖景，那耀眼的湖蓝色却格外明丽。

指着阳光柱，我对旅伴大笑：“这阳光有讲究，俗称‘天堂的阶梯’！是不是之前在意大利的十几天里，你见教堂就认真拜访，上帝赞赏这种虔诚，送点阳光来让你拍照五分钟？不要辜负它老人家的好心，赶紧拍！”

她大笑，飞奔湖边拍照去也。

我去几乎没人的湖边小店买杯现煮的咖啡，站在车旁，心旷神怡地看着湖水，任耳边继续缭绕那细细的阿拉伯气场音乐。然后，心底又很自然响起《再见二丁目》。

对我来说，旅游的意义并不只是看更大的世界，也是借路过风景洗涤灵魂的过程。

而畅游异国放心吃喝的路途，萦绕耳边的会是各种异国民谣，心底真正能陪伴岁月长衣裳薄的，总是那些熟悉的旋律，亲切的音符。

人生若只如初见

_ 忽尔今夏

宏大的前奏音乐响起，还没等“依稀往梦似曾见、心内波澜现”的歌声慷慨激昂奔涌而来，相信超过百分之六十的中国人会跟我一样，脑子里瞬间出现一轮血红的夕阳，慢慢撑满画面。

残阳和烈烈寒风中，侧身张弓射雕的郭靖剪影，带着对年少光阴的美好印记，带着足以代表整个武侠世界的莽苍美感，深深刻印在脑海。

先不提当年电视台首播《射雕英雄传》时，是怎样真真正正意义上的万人空巷。在我的记忆中，它收视的风头之劲，甚至略超过有史以来，第一部粤语主题曲的连续剧《霍元甲》。

记得那个暑假，爸爸的工作刚刚调到景德镇铁路机务段，职工居住区房子还没有完工，我们一家三口都暂住在机务段的办公室旁空房间里。城市有线电视台里，《射雕英雄传》隔天播出，每次整晚四集。

在那个没有互联网也没有手机的年代，每一个有射雕的傍晚，都是节日：天还刚擦黑，跟我们一样暂住办公室的职工和家属们，就已经开始搬凳子椅子来占座；一起把职工活动室的大彩电搬到办公室前的空场台阶上，遥遥对着停在检修车间门口的机车龙头；再晚一些，单身宿舍的大队青工人马陆续驾到，有说有笑地搭伴抬出活动室的靠背长椅，排成七八行。落座之后能见到成片的密密人头，热闹程度比得上更早年的露天放电影场面，蔚为大观。

熟悉的《铁血丹心》前奏响起，当血红残阳与射雕英姿出现，我们都鸦雀无声、热血沸腾。盯着电视的眼神亮晶晶，全都带着今天的人难以理解的热衷，甚至是虔诚。

关于连续剧迷最极端的八卦，在这个暑假还听说，另一个单位电务段的人也聚集在露天看射雕（那年代电视机本就不多，彩电更少，各单位文体活动室的大尺寸彩电，永远是看剧最佳选择），散场后太晚了，走路光忙着回味了，一不当心竟被蛇咬了一口……

拥有那段记忆的人，对《铁血丹心》是绝对的刻骨铭心。

哪怕就是到了二十年后的现在，诸多 KTV 的粤语歌曲点唱榜上，《铁血丹心》也总还是占有一席之地。

有时候我会暗搓搓感叹吾道不孤：你看实际点唱情况告诉我们，喜欢这首歌的人，并不仅仅是七零后和八零后这批赶上了连续剧首播的这一大波，很多更年轻一代的人，通过网络等种种补课方式，居然也喜欢上画面简陋的 83 版电视剧，顺便爱上了《铁血丹心》。

每次听见或唱起《铁血丹心》，都觉得我也不是那么肤浅的人，并不仅仅是被电视剧的狂热迷惑而爱屋及乌啊，你看旋律多么高级、男女轮唱歌词交错（不是简单的对唱或者合唱，男女声的词曲都不同）多么和谐互补，歌词也带着莽苍大漠英雄气、流水儿女情，好有内涵！

不夸张的说，它是我心目中，粤语古装武侠题材歌曲的象征之作，意义非凡。

后来，因专业的缘故，常常有机会跟香港的文化人士约在KTV交流，包括导演、广告人、填词人和音乐幕后专业人士等。

难免会聊起香港流行文化的影响力，比起需要实体运输而难辐射的报刊杂志，当然是影视和流行音乐更有江湖地位。可每每说到粤语电视主题曲的影响，他们听见我觉得武侠题材的代表作是《铁血丹心》，总是表现出一脸的不可思议：“怎么可能？武侠名作很多……这支歌并不出色啊！”

我成长年代信息匮乏，才不会傻到跟这些浸泡在完整粤语流行文化里的幸福孩子，掰扯“到底最好的武侠曲是什么样子”，只客观说我喜欢它的理由。

首先，我热情地向他们说明喜欢的理由，《铁血丹心》描述的不仅仅是武侠观念。就像金庸首先提出“侠之大者为国为民”，提升了新武侠的境界，《铁血丹心》的“逐草四方沙漠苍茫……射雕引弓塞外奔驰”的主题，有家国氛围。

我的振振有词立刻被他们很专业地堵回来：“粤语歌曲的家国情怀，哪里还能比《霍元甲》的‘万里长城永不倒’更鲜明？还有另一首歌里唱‘孩子这是你的家、红砖碧瓦，祖先鲜血干砖瓦上’。”

还有更狠的补刀侠：“就算大爱级别的情感共鸣，也是《大地恩情》表达得更高明啊，‘别我乡里时、眼泪一串湿衣衫。人于天地中、似蝼蚁千万……大地倚在河畔、水声轻说变幻。梦里依稀满地青翠，但我鬓上已斑斑’。家国情怀从群体的愤懑、个人的辛酸入手，很被称道的。”

虽被强力噎回来，我没法辩驳，但热情歌唱《铁血丹心》总是被港人朋友质疑，我依旧很开心地称赞它：“武侠是一种感觉，并不是唱一声侠义，就能感染我。歌里虽然并不直接唱江湖怎样怎样，更多是在描述大漠情怀，可是侠骨柔肠的氛围很浓！”

而这个理由在不同的朋友面前，被反击得更无情。

有人还一边找歌曲来播放，一边来打击我可怜的品位：“如果说傲笑江湖的武侠感，就别说黄老霑巅峰的乔峰之歌《万水千山纵横》，或者令狐冲主题曲《沧海一声笑》，哪怕是老版电视剧《笑傲江湖》的‘哪用争世上浮名、世事似水去无定’，都好像更侠骨柔肠？”

更有人来打击我眼界的：“其实《铁血丹心》音乐的氛围不错，只是填词太敷衍，全是武侠剧的老套，意向也不清晰。像《再向虎山行》的‘人生勇猛怎么轻就范……头上朗月明灯一盏’表达胸有成竹的侠义狂傲，或《天蚕变》用‘明月映山岗、倍觉孤高’来映射都市心态，貌似就高杆许多。”

更生猛的论调，则是被委婉地鄙视。而原因，是觉得我这种没见识的家伙，连爱狗血，都不知道要选一盆更淋漓尽致的：“其实你不妨试试《倚天屠龙记》‘忘情弃爱世上有真英雄’，或者同样不知所云没有主题的卖弄侠义，《碧血青天杨家将》‘刀光剑影下引歌碧血长天……问句天、义孝难全，义有千斤使我两肩都已酸……举刀一快兮雾斩断’也比较有新鲜感。”

对于诸多见多识广、立论正确的高人，我只洋洋微笑，依旧把奋斗的主题，放在寻找可以跟我对唱《铁血丹心》的歌友上：要知道这歌的轮唱部分根本没法含混过去，两个人的词和曲都是不一样的！但凡一个人不会唱，听到的歌就不完整。

为什么被轮番打击、劝说和开智，我还是这么冥顽不灵呢？

哪怕少年时一厢情愿一见钟情，偏要迷恋这种半文半白的所谓“恩怨情仇风”，但随着我听多了各种武侠主题曲，也自然有了感觉，除了一句“逐草四方、沙漠苍茫”扣题，其他都是很常规的武侠腔陈词滥调，不太禁得起审美层面的推敲。

就不说后来的感受，哪怕就是在看《射雕》连续剧时，第三部《华山论剑》不仅旋律流畅回转，黄霑词作的水准更明显高出一筹，主题鲜明，还有那么一点点哲学思辨的架势：

“问世间，是否此山最高？
或者、另有高处比天高？
在世间，自有山比此山更高，
但爱心，找不到比你好……
论武功，俗世中不知边个高？
或者，绝招同途异路……”

就算那点难得的思辨又迅速落回情爱主题，起码曾经高级过不是？比我明白的人显然有很多，于是那一年的十大中文金曲，上榜的就是更高级的《华山论剑》。

先不提对音乐、编曲和歌声之美的感受，或者我对歌词表达内容的赏鉴水平到底多么可怜，但喜欢一首歌，谁说过一定得够好够高级？

谁都知道，音乐的力量无形无影，能调动情绪，能直入人心。

在容易感动而心灵还一片空白的年月，邂逅了披着苍凉大漠英雄侠骨柔肠外皮、文字还足够华丽的一首好歌，喜欢了，入心了，就是这样。

纳尼？你说真相是它的写法，整个就是一港剧武侠主题曲的俗套？

——可是那些许许多多奠定俗套的定鼎之经典神作，我都没有在它更早出现的时候，就已经遇到啊。

为什么最早流行歌曲会曾经被称为时代曲，我的歪解，就是每一个人对歌曲的爱念，往往跟大时代的痕迹息息相关。

不管你心里的那粒白月光朱砂痣，到底名字是《渴望》《辘轳女人井》《一剪梅》《好大一棵树》，还是《铁血丹心》。喜欢就喜欢了，哪怕后来又结识了许许多多更好的，最初的情怀，又哪里能够被正确的道理洗白？

人生若只如初见。

你懂的。

海阔天空会有时

_颜彦清

歌唱自由的人大多不自由。

高中时听许巍，第一句便动人心魄：“还有什么能够阻挡你对自由的向往。”心中的冲动破土而出。我热心推荐，身旁朋友静静递来MP3，耳机里黄家驹悠悠地唱着：“原谅我这一生不羁放纵爱自由。”我一下子陷了进去。

炙热的教室，青翠的年华，刷刷刷写不完的卷子，MP3 里的黄家驹慰藉了一个个绷紧的灵魂。

许多年后，我才知道歌唱《蓝莲花》的许巍，并不曾仗剑走天涯，他罹患忧郁症，一度想自杀。而走遍千里的黄家驹，创作出《海阔天空》后，不到两月，意外而逝，客死他乡。

青砖，白墙，红瓦，湿乎乎的水泥地。大学乐队的练习室就租在这里，每次来看小五，我都得穿过厚厚的树林，绕过污臭的垃圾处理场。到的时候已经晚了，小五一人坐在板凳上，缓缓地吸着烟，我陪着他等迟到的乐队队员。那阵，小五很不如意，临近毕业，他的歌手梦想岌岌可危，乐队队员散漫不经心，他终于发火，吉他摔在了地上，一根弦断了出来，孤零零的。

露天毕业晚会，小五的嗓子撕心裂肺，唱着《海阔天空》，那一句“那会怕有一天只你共我”，引发全场山呼海啸，荧光棒肆意地挥舞着。听完这一首，我便起身回去，澄明的夜，空气如露珠般晶莹，几对情侣在月光下接吻。

小五和女朋友分了手，火车呼啸而来，女朋友打开行李递给他一个梨，他目送着女朋友远走。在火车站，吭哧吭哧啃完梨，抬头，泪流满面。

毕业后，小五负气去了北京，临行前豪情万丈：“大丈夫当横行天下，醉卧沙场。”我默默地喝完啤酒，送他去火车站，往他衣服里塞了五百。他会给我打电话，大多在深夜，埋怨着首都高房价，数落北京的干燥气候，末了沮丧地谈两句他的音乐梦想，声音里浮着轻轻的悲哀。再后来，他的电话停机，杳无音信，我在 QQ 里给他发的消息如同飘进了无穷无尽的黑暗里，再无回音。他的头像一直是灰色，QQ 签名好长，等它缓缓滚动才能一窥全貌：“我觉得每一样东西都是发自内心，要感动别人一定要先感动自己。”这是黄家驹的话。

大年夜，他却给我来了电话，他回了常州，父母安排好了工作。我听不清他的话，手机那头是噼里啪啦的爆竹声，漫天烟火里，我挂了电话。今年“六一”他领了结婚证，上了常州的电视，节目里他曾经一头愤怒的长发已经变成干净的板寸，过去瘦削的身材也有些发福，牵着女朋友的手笑盈盈地说：“执子之手，与子偕老。”我 QQ 里给他发去祝福，他回我："你也得快着点啊！"刚准备关闭谈话框，蓦然瞅见他的QQ签名变得那样短：偏安一隅。四字划过，心中一凛，随即平复。

前不久见到有乐迷愤怒指责一个曾经乐队的队员圈钱，下面有人回复他也要养家。本来一场火气十足的辩论偃旗息鼓，喂养理想的是柴米油盐，在那些居大不易的城市，有些人默默地来，有些人默默地走。

毕业后，Beyond听得少了，音乐软件的随机推荐里偶尔会播出《海阔天空》，那时大多是在深夜写稿。轻轻的夜，雪亮台灯，窗户外有萤火虫在飞舞，黄家驹的歌声直入耳际。仰天长啸血脉沸腾的《海阔天空》，此时我听出了些许沉郁悲凉。这首歌是黄家驹的绝命曲，细细咀嚼，词曲里有失落，有无奈，但歌曲的格调没有陷若于此，笔锋一转，错过那些风雨疼痛，直至结尾的温暖明亮。这首歌是有骨头的，不仅仅是励志。当年黄家驹为了乐队发展，一行人去了日本，多有苦闷，这一曲《海阔天空》因此创作，整首词就是Beyond乐队十年心路历程，他在歌词里热切地召唤："哪会怕有一天只你共我！"

世间冥冥中真有天意吗？黄侃50岁生日，章太炎送他一副寿联：韦编三绝今知命，黄绢初裁好著书。对联中暗含绝命二字，黄侃于当年撒手世间。黄家驹也是类似，创作《海阔天空》，其中一句"哪怕有一天会跌倒"，一语成谶，不久，他竟真的跌亡在舞台上，死时刚过而立之年。

日历刚翻到炎炎夏日，香港乐坛却已一片冰凉消疏。那是 1993 年的 7 月，万木葱茏的季节，冷冰冰的遗体运回香港，无数乐迷含泪唱着《海阔天空》送别黄家驹，情不能自已。

曾在一所大专学校任教，一群十七八岁的学生，叛逆桀骜，明丽活泼，脸上满满的青春痘和阳光。夏日午后，写完卷子，我看着他们在桌上午睡。两点的钟铃响过，广播里飘出了黄家驹的《海阔天空》，一个瘦高男生忽地站起，兴奋地喊："听，快听，这是黄家驹。"教室里人人抬头，凝神细听，屋内静寂，只有门外些许鸟鸣。一曲终了，大家久久回不过神，不知是谁带头唱了一句："放弃了理想谁人都可以。"一个，两个，三个，终成大合唱，心里荡漾着激情和梦想，你看我，我看你，嘴角都是快乐的笑意，考试的阴霾一扫而空。

那天，我没按既定教学方案，在黑板上写了四个大大的粉笔字：海阔天空。

我把《海阔天空》掰开了揉碎了讲：歌曲前奏的低沉，中段的积累，最后的温暖高昂；黄家驹本人的寂寥与奋斗，坚持与理想。

一个同学在周记里写：我记得黄家驹说过，没有音乐我会死，我真的会死的。这是疯魔。我们能死于自己所热爱的，是种奢侈的幸福。

这几句话，我记到现在。

这个同学后来回了家，农村的父亲病重，家无所出。大专学校本就是中考失利学生聚集之所，班上同学时不时流散，见怪不怪，习以为常。走的那天，她眼睛里使劲含着泪，向我要回了周记本。她母亲让她结婚，对方愿意支付她父亲的医药费。

她嫁了人，那年，她十八。

《海阔天空》的歌声无数次掠过耳鼓，它的 MV 却仅见过一次，见过一次但久久不忘：海浪轻轻拍打，蔚蓝的天空中苍鹰矫矫翱翔。黄家驹独坐海边，咬着铅笔在洁白的书页上缓缓而写，一切平静安详。

“今天我，寒夜里看雪飘过，
怀着冷却了的心窝飘远方……”

同学朋友都慢慢走向远方，身影或黯淡或明亮。

现在的我想听又怕听这首歌。

《海阔天空》背后，是他们某段戛然而止的人生或梦想。

再下个车站到天后，当然最好

_赵 客

如果说要找一首流行歌曲，代表香港带给我们的观感，远古一些有《狮子山下》、主流洗脑神作有《东方之珠》、文艺伤感有《情流夜中环》，总之随便你怎么随意点选，都不会留意到典型的小女生偶像歌曲，《下一站天后》。

但……《下一站天后》如同历史断片，在“发誓要嫁人”理想缝隙之间，正好贴切极致地刻印了最繁荣欢乐时期的铜锣湾地区，让你不可忽视。

是的，铜锣湾。

良好的交通 + 位置在本岛 + 繁华且性价比高的商业 = 自由行热门圈定地区。

首先让人印象深刻的，必须是歌曲名“下一站天后”。

记忆里，我第一次去香港并不算早，应该是 2003 年的夏天，为了方便办事与购物两不耽误，听取了很多朋友的意见，选择住在铜锣湾附近的维景酒店，靠近地铁天后站。

不知道算不算凑巧，在我首次抵达香港之前的数月，正好看了电影《下一站天后》。说的不外是贫寒女孩努力奋斗，最终以歌声圆了明星梦的励志故事。虽然灰姑娘式的主题很常见，但这部电影中，处处充溢着阳光般的微笑和努力向上的信心，让我感受到的不单是歌星梦的魅力，更多的是底层港人充满乐观的奋斗意志和无所不在的自我地域身份认定，“既然你人在香港就自然有希望，底层也能出头天”这种。同名主题曲更是朗朗上口，一不小心就记住啦。

于是，每次听到字正腔圆的地铁报站声“下一站，天后”，每每觉得异常亲切，还挺有趣。那时候，报站还只是粤语和英文双语，不知道现在的香港地铁，有没有添加普通话报站？

那一年，大部分香港店员都不太会说流利的国语，甚至号称“香港扫货必到必买”的莎莎店铺店员，都只能微笑地递给我购物篮，比划着欢迎的手势，半普通话半粤语，结结巴巴地招呼道：“随便睇……多买啲……”

那时候，可能是香港地产和股市都还不错，还没有负资产等侵蚀人的信心，港岛处处洋溢着敞开胸怀迎客的热情坦荡。比如，在老友带领下逛唱片店，无论是卖新碟还是二手的，对内地人爱买粤语碟，并不感到意外，还有种“我们文化被仰慕了，哈哈哈”的隐藏愉悦表情。连去红磡体育馆看演出，被录制现场增加互动小花絮的团队拉住，听说我讲普通话，反而更高兴。而且出租司机都会用不太通顺的普通话，笑嘻嘻地来一句“你们内地来的女孩子都喜欢张国荣，可是哥哥不喜欢女孩子的啦……”

我觉得《下一站天后》描绘的主题不仅仅是明星梦，更是铜锣湾这个地方，理由自然是频繁出现的地名。

其一：

“站在大丸前，细心看看我的路。
再下个车站，到天后，当然最好”。

先纠正一个流行的错误，这句歌词是“大丸前”而不是“大院前”。出现的“大丸”是日本很老牌的大丸百货，现在上海也有分店。香港的大丸百货就在铜锣湾，离铜锣湾地铁站比较近，靠近百德新街，同时离著名的地标维多利亚公园也很近，几步路就可以走到。

词中提及的“再下个车站，到天后，当然最好”是一语双关。表面上是说铜锣湾地铁站的下一站就是地铁天后站，只要你坐的方向对，必然就会抵达；而电影中的剧情，当然是女主角向流行曲天后冲击的心路历程。

其二：

“在百德新街的爱侣，
面上有种顾盼自豪”。

很多人觉得铜锣湾区域的中心是新世界百货，但在我错误的私人记忆里，总觉得到处店铺林立、几乎可以算作步行购物街的百德新街，更有中心的感觉。

也许是因为在这街上第一次兑换港币，第一次买本地手机卡更换……当然更靠谱的理由是，在没有来香港之前，已经听过“在百德新街的爱侣”，潜意识里觉得此地很有名。就像到北京之前，已经听说过“走在地安门外，没有人不动真情”，自然觉得地安门很厉害。

我断定词人黄伟文肯定没有仔细研究过，他笔下百德新街上的爱侣，到底是因为自己已经找到另一半而傲视单身狗，还是作为本地人走在街上就是自豪，分分钟蔑视来扫货的外地人。词人只是随手那么一写，这句子纯粹是用来引出下句的“起兴”修辞手法，但无意识的描绘，更能表达出不被人注意的真相。

2003 年夏天的香港，我更注意的，并不是百德新街上琳琅满目的店铺和商品，而是路过的人们——脸上真的有那种顾盼自豪吗?

答案是，衣着比较时髦讲究，开口是港调粤语的那些本地人，不管是否开心，看起来都蛮厉害的。而外地人脸上，总带着一种不太听得懂的轻微茫然，自在程度甚至略低于星期日维园周围熙熙攘攘的菲佣们。

其三：

“在时代的广场，

谁都总会有奖”。

显然谁也不至于分心去思考，这个跟纽约的时代广场有什么亲缘关系。

不知地面风光怎样，我每次去时代广场的电影院看片子，都是从铜锣湾地铁站出发，穿越地下通道走的，快捷且风雨不侵，最大优点是不会迷路。

更了解香港的人就知道，每年的新年倒计时集体呐喊，往往安排在时代广场。

也许是香港街道偏窄、车流汹涌，广场属于比较奢侈的城市公共配备，而空地 + 足够人流，更是稀缺品。在经济繁荣时候，在时代广场举办的各种商业、公益活动，几乎是无日无之。为凝聚人气，发小礼品、小奖品是永恒法宝，来一句“谁都总会有奖”，也只是白描手法而已，算不上夸张。

总之，在《下一站天后》电影和歌曲盛行的那时候，香港人虽然已经经历许多大起大落，但无意识记录下的铜锣湾里，那时人们充满自信与自豪，连普通女孩成为明星这么艰辛的向上之路，都希望满满，“至于奋斗就会成功”的香港梦方兴未艾。

而作为路过的人，我记忆里那时候的香港，起码转来转去异常熟悉的铜锣湾地区，跟歌中唱的一样欣欣向荣。店铺里颇有值得惦记的好东西,从二手唱片到个人设计手工项链,到稀奇的印度进口裘皮围巾,而人们的姿态都颇欢迎和友善。

几年内频繁出差香港，不管是奔波到午夜才回酒店，楼下茶餐厅随意点炒公仔面配鸳鸯奶茶，还是忙里偷闲看画展或电影，都觉得这个城市的街道喧嚣、人群汹涌，可是路人回馈的隐约阳光感，都值得频频回首。

工作调整的关系，突然频繁出差目的地改成去东京。差不多五年之后再次到港，已经只是在往返毛里求斯的联程中转一下。九小时的中转购物福利时间看起来不短，可计划配眼镜，这需要等现配镜片，如果转去更熟悉的铜锣湾，未免小紧张。犹豫一下，就决定只坐机场快线到中环，随意挑一个购物中心搞定就好。

毕竟只是购物而已,除了同店员砍价,跟本地人打交道少得可怜。最多也就是在等镶镜片的间隙在中环闲逛。可能先入为主，觉得次贷危机总是先打击自由经济体，总觉得在等红路灯的人群一样拥挤、路人的表情一样淡淡，空气中少了一点最初大爱的欢乐和欢迎，人们的表情也不那么奋发和自傲。

去年飞新西兰又在香港中转，因联程航班安排得太紧，已经没有了进城购物的时间，只在机场找个餐厅，随意搞定午饭。可是用普通话点餐时，店员毫不掩饰地皱眉，以及坐下得早，菜品却来得比旁桌本地人慢之类，都不是什么大事。

忽然觉得，不能重新回铜锣湾溜达一圈，居然完全不遗憾了。

然后……还有那么点可惜。

其实我知道负面情绪并不完全是主流，大多也不过冷漠一些而已。也不是不能理解部分港人的负面心情：当自由行变成日常热点，每个公众假期的常规新闻就是香港商场货物被抢光，不管中环、尖沙咀还是铜锣湾，都会被迫改变。哪怕这些改变带来收入，带来工作机会，一样会被港人抗拒。

东方之珠最耀眼的时刻，就是整个古老国家——那只是半睡半醒的巨龙，需要一个与世界接轨的桥头堡。巨量资金、交易流过，造就了它的跳跃式发展。而奔涌来港的，从永远附加无数好处的资金和货物，一朝改成了游客，好处固然很多，负面效应却已鲜明可见。

看见占中的新闻，不知能说什么，只是偶尔哼起“在时代的广场，谁都总会有奖，我没有歌迷有他景仰”时，会有一刹那的遗憾。

唉，什么时候你才能重新回复东方之珠的璀璨光华，对过客展现基于自信的友善，以及“只要我够努力，下一站就会是天后”的泱泱气度？

理解，源于最深沉的爱意

_杨 琳

人类真是奇怪的动物，居然不敢面对自己的过去。在家里偶然翻出小学毕业纪念册，心里直打鼓，像窥探又纯洁又矫情的小时候，还带着敬畏和望而却步的心情。耐不住好奇打开，果不其然里边都是又肉麻又多情的词句，“愿我们的友谊地久天长”，“整整六年的时光让人无限留恋”等，此类的句子看一眼都觉得脸红，赶紧合上。

其实我们当时写下这些字句时，一定是满满的怅然若失，满满的留恋和不舍，满满的真性情。而作为一个成年人看来，那些字句却因为用力过猛而显得幼稚可笑。当时真的觉得六年的时光长久得不得了，所以想到在一起六年的玩伴即将分离，都是天大的伤心事。而现在呢，拿起身边常用的东西，就有很多已陪伴自己超过十年。是的，我们也终于变成了那种小时候心里无比鄙视的成年人——动不动就忆当年，动不动就看不惯当下的事儿，反反复复说还是以前好。

听歌也是如此暴露年龄的一件事儿，现在电视电台活跃的歌手没几个认识，粤语歌曲就再没听过什么新歌。手机里下载保存的曲目，大概和多年以前存在MP3的音乐，并没有什么大的差距，还是那些人，那些歌。可是你知道，听这些歌并不仅仅为了打发时间，来隔绝坐车搭地铁时的大段无聊。很多时候，它们连着自己的一段故事和心情，像是身上的胎记，无论你在哪里，在做什么，它们和你其实一直在一起。

仔细算来，距离第一次听邓丽君的《漫步人生路》居然已经过去了十六七年，时间真是轻描淡写，不着痕迹。知道这首歌，缘于高中时候的语文老师孔老师，在课堂上的一次清唱。虽只是平常，但是在每个人生阶段的转折期，这首偶然了解的歌，都会若隐若现出现，像是一种缘分，也像鲜明的双引号，把一段最曲折难忘的时光包裹其中。

语文老师容易和学生走得近，大概因为语文在应试教育模式下，还算是一个不完全抹杀人性、充满人情味的学科。语文常常显得清高、轻松，因分数提升不明显，语文课成为很多人写数理化作业，做英语习题的休闲课。老师激情昂扬地讲课，却有一大批人自顾自干着自己的事儿。不知道现在的高中生是不是还会这样，但在当时我们的高中课堂上，语文课从来都是一天当中，特别自由放松的时段。现在想来真是觉得惭愧，孔老师面对台下写其他科作业的学生，心情该多么复杂。

在高考升学的重压之下，孔老师还把当时的语文课安排得有声有色，丰富有趣。在重点高中，这绝对需要一种“顶风作案”的勇气和魄力。孔老师是那种桀骜不驯的酷酷个性，可以为了学生和校领导叫板。她非常有才华，据说之前还自己组过乐队当主唱，这样的老师绝对特别合青春期孩子的口味。我记得，当时我们分小组排演过话剧，在周记里写各种萌动的恋情，以多种形式彼此分享好的故事和作文，似乎语文课成了当时大家枯燥生活中的一点精神寄托。

高一的一次课堂上，忘了具体的起因是什么，孔老师说送一首歌给大家，然后在教室里清唱了邓丽君的《漫步人生路》。当时是周杰伦、孙燕姿当道的时代，邓丽君根本不在我们经常听的音乐范围之内，她绝对被我们划归为70后，或者更早一些我们父辈的流行音乐偶像。真是有趣，人经常会有各种各样的分类方式，通过听谁的歌也可以分辨是不是自己的同类，而青春期，就是一个特别爱归类、特别爱找同类，好像自带雷达和天线一样敏感的时期。

还记得孔老师当时唱这首歌时的情形，教室里静悄悄的，只有她的歌声在教室里回荡，所有人都目不转睛地盯着她。我还能记起当时心里那种又安静又躁动的感觉，仿佛她在唱那首歌时，我们对自己的生活有了别样的感受，不再觉得每天在学校就是无休止的上课、补课、考试、分数，而是觉得身处这个过程，也同样是一种美好的经历。

由于是粤语，当时我连具体的歌词都没听出是什么，可是永远记得当时心里的安宁。毕业多年之后，曾经问过不少班里的同学，记不记得孔老师当年曾唱过《漫步人生路》给我们，出乎意料的是几乎所有人都记得。

“快欣赏身边美丽每一天，

还愿确信美景良辰在脚边，

愿将欢笑声盖掩苦痛那一面，
悲也好喜也好，
每天找到新发现。”

这首歌写得又直白又励志，觉得其中暗含对生命的敬重和悲悯。

过了三十岁，当我再被问起和老公是怎么认识的，好像稍微觉得不那么难为情了。而事实上，再早几年，这是一个非常让我尴尬的问题，因为我们就是那种早恋成功的例子。

可是，这到底是一种怎样的恋爱呢？从高一入学相识之后彼此走近，一直到研究生毕业结婚。在十几年漫长的恋爱岁月里面，高中能够天天见面的时候，只能在老师家长眼皮子下面偷偷摸摸写信；上了大学，只能天天靠打电话沟通联系，几乎没有正常的恋爱相处模式。然而即使这样，我们似乎没有觉得距离带来太大的问题，也没有觉得是在刻意坚持什么。一直满怀希望，觉得彼此会有走在一起的一天，现在看来，真是盲目乐观。“风中赏雪，雾里赏花，快乐回旋，毋庸计较。”过了很久，我才知道这首歌里有这样一句。

高中的时候，班级里有好多人，开始经历人生之中最初的恋情，那是老师和家长最担心的事情。我们小心翼翼、鬼鬼祟祟，可在成年人眼里，孩子们的一切小动作都太过明显。有一次放学路上，我们走在一起的时候和孔老师相遇，我们自觉理亏，赶紧低下头掩饰，可是孔老师装作什么都没看见一样，坦荡荡地从我们身边走过去，而没有像其他老师那样，朝我们投来火辣辣的目光。

宽容和理解，不过是源于深沉的爱意，是超越师生关系，精神上和我们在同一高度，对个体生命的爱意。

也因为这些宽容和理解，我们在周记里都不怎么回避自己的真切感受和心情，不介意把最真实的感受给孔老师分享。自古好文章都出自真性情，记得孔老师曾多次说到，我们班上同学才华出众，这让她非常高兴。我想是因为大家不必刻意回避自己的真实感受，去写一些虚情假意的客套文章。这难道不是语文教育最好的效果吗？写一手好文章的能力，远比什么做对几道高考题重要多了。

现在想来，对于当时早恋的我们，强力打压反而是一种强化，很容易让青春期的孩子爆发强烈的逆反心理。可惜的是，很多的老师和家长并未认识到这一点，他们像防洪水猛兽一样防止孩子早恋。其实不可否认的事实是，很多早恋都带来了正面的力量，因为那种纯粹的感情，会生发出想让自己变得更好、想让对方觉得自己更好的意愿，这是督促自己自律和向上的最大动力吧。

现在比较流行的一种说法是，一个人的青春时代同谁度过、怎样度过很重要。我觉得我们都应该庆幸，在步入成人世界之前，曾经有一个师长，是和我们站在一起的。她在努力一点点走近我们、信任我们，这真是对一个孩子最大的鼓励和支持。也就是因为有这样的人，在我们逐步开始独立生活的时候，才不会觉得自己被硬生生推出去。总是觉得成人的世界，并不是我们少年时代想象得那样功利和不堪，还愿意相信，一定有很多美好，等待自己去慢慢发现。这种相信近乎于信仰。

“在你身边路虽远未疲倦，
伴你漫行一段接一段，
越过高峰另一峰却又见，
目标推远让理想永远在前面。”

走出高中的校园十六年之后，高中课堂上教授的知识，仿佛没有留下什么深刻的印记，而孔老师清唱的那首《漫步人生路》却一直清晰可见。那是最纯粹时光的见证。

我们上了相隔数千里的大学，后又在距离更远的地方读研，毕业后，终于结束漫长的异地恋生涯，生活在一起。在策划婚礼仪式的时候，我们想到了孔老师，想让她来做我们婚礼仪式的主持人。

那天真是热啊，早早起床化妆和准备各种仪式，汗水一层层渗出皮肤。婚礼开始，当孔老师开始说第一句话的时候，我心里一下静下来，关于婚礼仪式的一切焦虑和担忧烟消云散。

婚礼仪式结束的时候，孔老师特意又唱起了那首曾在课堂上给我们唱的《漫步人生路》。我在台上看了一眼台下曾经的高中同学，大家眼睛都湿润了。

等一颗葡萄熟透

我知日后路上或没有更美的邂逅，
但当你智慧都酝酿成红酒，
仍可一醉自救，
谁都心酸过，哪个没有。

念一本《难念的经》，爱一个像萧峰一样的人

_簇簇青

她趴在窗户边上，吐出一口淡淡的烟，空气冷冷的，我们谁都没有说话。公寓三层有一个隐蔽的空间，是女性烟友的宝地。我第一次去是受她邀请。我不会抽烟，只好端了杯水。窗外下着雨，天色昏沉，像隔夜茶，一眼望去，到处是闪烁迷眼的霓虹灯。

"簇簇，我想去北大念研究生。"

"醒一醒，别做梦了啊。"

她今天没有戴眼镜，卡碧烟的味道很轻，和她身上的黑色外搭很配，小小的耳朵上挂着一副耳机，不时晃晃脑袋，乌黑的短发，在肩膀上来回磨蹭。我们只是有一句没一句地聊着，忽然她就说了这么一句。

我一时不知道该说什么好。她的 ipod 插在口袋里，那是音乐发烧友都爱的经典款。这个小小的电子产品，陪她度过了好多个夜晚，在这公寓三层，也在狭小的单人床上。她说无论在哪里，只要戴上耳机，就能看见人潮涌动，就是她的演唱会现场。

果然是射手座，一生放纵不羁爱自由。那时候我们也没有办法预料，多年后，天空海阔，你与我是否会变。

大二那年她失恋了。那是高中时候的故事，对方是高中排球队的队长，阳光帅气，正好是小女生的最爱。她天真烂漫，主动出击，撒娇卖萌，买早餐陪打球，逐渐赢得男神垂青，两人遂在一起。上了大学，小情侣变成了异地恋，她不知道他过着怎样的生活，经常埋怨他不够关心自己，作起来都是套路；而他呢，又遇到了自己心仪的人，姻缘被打乱，爱情变成了一场笑话。

她发现了他的不堪，于是主动提了分手，好维护自己最后的尊严。

对于那个人来说，也许是解脱。

可对她来说，是自个儿拿一把刀，往心上戳。

她没日没夜地哭，听歌，在宿舍里大声唱歌，眼睛红肿。我回到寝室总能看到，她就坐在椅子上，或躺在床上，哭哭笑笑，情绪跌宕，令人心疼。那段时间，我也是诸事不顺，安慰她怕她更难受，不管她又怕她做了傻事。只好陪着她听歌，看书，一起聊天。

有一天，她问我最喜欢哪一种男生，我一脸羞耻，说我喜欢那个无情无义又软弱的男人陈家洛。她说她最喜欢萧峰，《天龙八部》里的萧峰。她说，那才是真正的男人，对天下众生冰雪肝胆，对兄弟师门情义两全，用的功夫是世上最阳刚的降龙十八掌，爱上一个女人便用一生相送，不曾辜负过一个人，用一生为“英雄”二字正名，这是何等气魄！

说着，她把耳机递到我手上。

那是我第一次听《难念的经》。从此以后，便不可自拔。

“吞风吻雨葬落日未曾彷徨，
欺山赶海践雪径也未绝望。
拈花把酒偏折煞世人情狂，
凭这两眼与百臂或千手不能防。
天阔阔雪漫漫共谁同航，
这沙滚滚水皱皱笑着浪荡，
贪欢一刻偏教那女儿情长埋葬。”

周华健的旋律和声音，林夕的词，就像一碗加了樱花的烈酒，浇到我心上，一石激起千层浪。那时候，我发现原来我们都是浪漫主义者，崇拜英雄的豪迈，贪恋爱情的温度，想要试遍人间所有甜苦，渴望不受拘束的人生。

青春年华多好。每次听到这首歌我都内心激荡，想到自己也曾年方二八，正青春，本是女娇娥，爱看武侠小说，爱那些江湖英雄，爱他们天下无敌的功夫。可如今，那份心情已经不再，不是因为那些不够好，不够精彩，只是就像薛之谦说的，“我的心老了”。

回到大二那年，《难念的经》陪她走过了最受伤、最挣扎的岁月。她说哪里有萧峰那样的男人呢，世上大概是没有的。爱不到萧峰那样的人，就做一个像萧峰那样的人吧。

一个人崇拜英雄，就会不自觉去模仿英雄的行为。比如要成就一番伟业，要爱恨决绝，要有一段轰轰烈烈的故事，要被街头巷尾的人讨论和称颂。

开学第一天，她就跟我说，学校有一个很厉害的学长，自己办独立杂志，文艺范儿十足，特酷。那是我第一次知道，大学还可以这么玩儿。从那以后，她开始写字，投稿，认识文艺圈的人，理想主义至上，一门心思投身文艺事业。

她有一个笔记本，准确点说，更像一个剪报合集。那是她从各种各样的时尚杂志里剪来的，模特、服装、装饰品，她的眼光和品位很好，一本厚厚的册子，看得出她对时尚的理解和兴趣。

时间过得特别快，三年快要过去的时候，她突然跟我说想去北大读书。

那时候我真的觉得不可能，我一直以为她会直接去找一份得体的工作。毕竟，她的成绩一般，学校保送生都很难进北大，何况是考研呢。以前也有说过这种话的学生，可最后都落榜了，几乎没有考上的。

我劝她换个学校。她说要试一试才知道。后来，干脆她就不住在宿舍了，在外面租着房子，没日没夜地学习。我有时候去自习室看到她的影子，偶尔她回到宿舍，会跟我聊自己的近况。

“簇簇，我最近总是困。

我去北京了，和北大新闻的研究生聊了很久。

还要学政治，好烦哦。

英语我学得还蛮好的。”

再后来，她回来就不怎么说话了。安静地坐一会儿，要么在床上躺一会儿，就好像还是以前一样，我们一起听歌，一起讨论喜欢的武侠人物，一起没心没肺地笑。只不过，这一次，我们安安静静，就十分美好。

谁都知道，考研是一件很辛苦的事情。她瘦了好多，每天作息很规律，把精力都放在考研上，幸好家里也很支持，让她能心无旁骛地准备。

她最瘦的时候，脸都陷下去了，不像以前丰腴百媚，但整个人精神很多，身上好像长了很多坚硬的钻石，闪闪发着光。浪漫幻想和现实理想在那一年，交锋并济，成长的痕迹在她身上碾过，压出了漂亮的花辙。

考研是一件挺孤独的事情。当时，有的同学已经保送研究生了，有的签了工作，学校里人心惶惶，踏踏实实学习、备战考试的，只有考研党。如果没有甘于寂寞、忍受孤独的能力，就不可能坚持到最后。她以前也爱玩，逛街、去酒吧、享受美食、旅行，都从来没有落下过，可是一旦认准了一个目标，就坚定努力到底，绝没有任何差池。

其实她家里条件很好，但很低调。有时候想想，她为实现理想，都能忍得住，经得起，这么拼，更何况是家里不能给到足够帮助的我们，就更需要努力了啊。

事在人为。那年，考研结果公布。她如愿考上了北大。

是我们专业那届唯一考上北大的学生。

毕业快一年的时候，我收到了她的微信，图片里是粉丝们给吴亦凡寄的礼物。当时她正在《时尚健康》实习，在时尚杂志工作的理想实现了一半。

当研究生也不是一件轻松的事情。她的老师是在全国都有名的新闻大咖，带着学生做节目，搞研究。我在朋友圈里看到她永远都在忙，经常熬夜，黑眼圈更是常有。

有一次，她给我发微信，问我，还记得那首《难念的经》吗。我说记得。她说，那个让她难受痛苦的人，终于结婚了，幸不幸福不知道，但她希望他是幸福的。

我问她，你现在还会难受吗？她说："以前我觉得非他不可，爱过那么多人啊，可他的影子就停留在记忆的底层，根本没有办法摆脱。可惜，时间毫不留情，过了这么多年，石头也会被磨平，该忘记的也都忘记了。对我而言，爱情和理想，一个永远地失去了，一个还未曾真正地得到，人生漫漫，我要走的路还有很长。簌簌，你说我们为什么要去追逐这些东西呢？爱情，未来，得不到又能怎样呢？"

我听她讲完，感慨万分。

说实话，一时还难以回答。也许我们每一个人都问过自己这个问题：做这一切都是为什么呢？是因为我们太优秀了吗？还是因为我们对生命太贪婪，总是不满足呢？活得差一点不好吗？穷一点、颓废一点不可以吗？

其实很多时候，我们也不知道自己在追逐什么，就像歌词里说，“责你我太贪功恋势，为悲欢哀怨妒着迷”，也许我们终其一生都没有办法解释为什么我们要这样做，为什么要去追逐功名利禄，为什么要不断地努力。

也许是为了让自己过上更好的生活，让父母可以依赖自己，让自己拥有更多选择的权利。如此想着，心里还能放宽一些。可每当灾难、痛苦来临时，我们又要开始一遍遍思考这些问题。

所以，人生根本就是一场难念的经啊，林夕写得好，“参一生参不透这条难题”。

可是在这参的过程中，我们不是已经找到方向了吗，并且在跟随着这个方向，不断矫正自己，做出改变，从而得到更好的结果。大概这就是人生的意义，也是成长的特别所在。参不参得透有什么重要呢，本来就是没有答案的事情，我们只管走在路上，大胆前行。

苦瓜不苦

_胚 子

“开始时捱一些苦，
栽种绝处的花，
幸得艰辛的引路甜蜜不致太寡。”

——Eason《苦瓜》

苦瓜小姐是我来西安后交好的第一个女友。苦瓜小姐不姓苦，她有个很好听的名字，白静姝，名如其人，娴静文雅。奈何初次见面，她吃苦瓜的狠劲给我留下太深刻的印象，熟识以后，我便“苦瓜、苦瓜”地唤她，时间久了，都快忘了她原本的名字。

苦瓜小姐有多爱吃苦瓜呢？这么说吧，每次聚餐，但凡有苦瓜小姐在，桌上必然少不了一盘清炒苦瓜。我是个特别嘴馋的人，看苦瓜小姐吃得津津有味，总疑心是不是这家餐馆厨师做的苦瓜不苦，耐不住馋劲儿，夹一片放进嘴里，每次都被苦到龇牙咧嘴。

也曾好奇发问：“苦瓜不苦吗，你怎么吃得那么开心？”

“吃多了就不觉得苦了。”苦瓜小姐打着哈哈糊弄我。

苦瓜小姐继续吃她的苦瓜，我依旧找不到她钟爱苦瓜的缘由。

直到元旦前的某一天，我照例在实验室忙得像条狗，突然收到苦瓜小姐的消息：“安安，你现在方便过来我家一趟吗？”

苦瓜小姐是一个非常独立的女人，若非遇上难事，不会轻易开口求助。我立刻向老板请假，打车去了她家。

到她家的时候，窝在沙发里的苦瓜小姐已经哭成了泪人。我心疼地揽她入怀，苦瓜小姐的眼泪像断了线的珠子：

“他元旦就要结婚了……”

那天晚上，在陪着苦瓜小姐喝掉两瓶西凤之后，我从她零零散散的讲述中，拼凑出一个苦瓜小姐和洋葱先生的故事，或者说是，苦瓜小姐用六年青春换来的一场初恋的事故。

苦瓜小姐和洋葱先生是高中同学。那时，苦瓜小姐还是苦瓜姑娘。两人都是班上品学兼优的好学生。她是学习委员，他是班长，经常一起帮老师批作业，出板报，办活动，本来就是情窦初开的年纪，时间久了，自然有不一样的情愫滋长。

只是在一切为高考让路的年纪，早恋这种事情是绝对不被允许的。苦瓜小姐和洋葱先生并肩作战，私下约定一起考去 P 大。

黑色六月转瞬即至，高考成绩出来了，苦瓜小姐正常发挥，考了个很漂亮的分数，顺利被 P 大录取，而洋葱先生发挥失常，成绩连一类本科分数线都达不到。

洋葱先生自是不甘心，决定复读一年。他对苦瓜说：“在 P 大等着我，明年我一定来找你。”

苦瓜小姐带着两人的约定，孤零零地去了离家千里的 P 大。

孰料，在第二年的高考中，洋葱先生再次失利，家里人不愿意让他再复读，给他报了 C 城的一所二类本科。而 C 城和 P 大所在的 B 城，直线距离 1300 多公里，坐火车 24 小时，正好一天一夜。苦瓜小姐与洋葱先生厮守的愿望又一次落了空。

洋葱先生第二次高考后，两人正式确定了恋爱关系。就算一年见不着几次面，苦瓜小姐也甘之若饴。

当然，也有过心酸，有过迷惘。生病了在医院打吊瓶的时候，被大雨困在做兼职的公司的时候，受了委屈偷偷哭泣的时候，孤独如雪，寂寞倾城，可一想到洋葱，那个剑眉星眸的少年啊，苦瓜小姐就又鼓起勇气笑着撑下去了。

“两情若是久长时，又岂在朝朝暮暮。”苦瓜小姐对自己说。

渴望爱情的人，全部都爱得很英勇。那几年，苦瓜小姐像个孤傲的勇士，纵使旁人都不赞同，仍全情投入，自愿扮作英雄保护着他们的爱情。

终于，又熬过了三年，苦瓜小姐毕业了。家里人不忍看她在外漂泊，动用不少关系，托人在老家为她谋得一份薪金颇丰的工作。这时的苦瓜小姐，依旧年轻懵懂、鲁莽而又孤勇，一意孤行地奔向有洋葱先生的 C 城，几乎与家人闹到决裂。这是他们在一起的第三个年头，苦瓜姑娘不再是苦瓜姑娘，苦瓜姑娘变成了千里寻夫的苦瓜小姐。

苦瓜小姐到C城后，很快找到份不错的工作，在离洋葱先生学校不算太远的郊区租了间小房子，洋葱先生也把东西从宿舍搬过来了。

两人搬进新家那天晚上，洋葱先生亲自下厨做了晚餐，还买了苦瓜小姐最爱的百合。洋葱先生说："亲爱的，这么多年辛苦你了，以后你在哪儿，我就在哪儿，我们再也不要分开了。"苦瓜小姐点头如捣蒜，流下了幸福的眼泪。

最初两人确实度过了一段幸福时光。苦瓜小姐像个贤惠的小妻子，下班就回家，打扫屋子，洗衣做饭，把洋葱先生的生活起居打理得无微不至。洋葱先生心存感激，不时会给苦瓜小姐买些小礼物，每次回家也都会从学校门口花店带回一朵百合。小小的出租屋里，满满的都是岁月静好的味道。

年轻的心总是猎奇、渴求刺激的，柴米油盐的温情，终是敌不过花花世界的万千诱惑。

不知道从什么时候开始，洋葱先生的语气不再满是宠溺，花瓶里的花也很久没换过了。苦瓜小姐经常做好了饭菜，等到的却是"学校有事，今晚不回"的短信。苦瓜小姐觉得哪里不太对劲，却不忍多想。

半年后，洋葱先生借着做毕业设计的由头，搬回了学校。

洋葱先生搬回学校后，两人的关系变得更微妙了。明明在同一座城市，见面的次数却不比异地时多多少。约会越来越形式化，每次都是苦瓜小姐去找洋葱先生，两人在学校门口小饭馆吃饭，然后，洋葱先生送苦瓜小姐去公交车站。在一起的时候，洋葱先生也越来越寡言，眼睛里不再有闪烁的星光。

不安，惶恐，苦瓜小姐清醒地认识到洋葱先生离自己越来越远。她拼命挽回，努力想抓住点什么，却总是徒劳。

苦瓜小姐和洋葱先生经受了异地的考验，却没能熬过流年的平淡。

最后的离别发生在洋葱先生毕业那天。苦瓜小姐做了一桌好菜，还开了红酒准备庆祝。等来的，却是洋葱先生的那句："我们分手吧。"

"为什么？"哪怕早有迹象，苦瓜小姐还是不愿意相信自己的耳朵。

"对不起。"男人分手时惯用的那句。

"你不爱我了吗？"苦瓜小姐追问。

"我遇见了一个姑娘，我想我爱上她了。"坦白得有些残忍。

"对不起，你很好，你会遇到更好的。"洋葱先生对苦瓜小姐说的最后一句。

翻译过来：对不起，我不爱你了；你很好，可惜我不爱你了；你会遇到更好的那个人，只是那个人不是我。

爱情里的绝境，不是年龄的差异，不是身份的悬殊，也不是父母的阻挠。一段感情真正让人绝望的是，你还爱着，对方不爱了。看着洋葱转身离开，苦瓜小姐没哭没闹，也没有开口挽留。

对方不爱了，你哭着喊着求他留下又有什么意义呢？

苦瓜小姐喝掉那瓶为洋葱先生庆祝的红酒，昏睡了过去。第二天傍晚醒来看着空荡荡的房间，才彻底明白分手的含义：那个自己爱了六年的少年，那个许自己天荒地老的少年，最后还是丢掉自己走掉了。

苦瓜小姐向公司请了一周的假，把自己关在家里，没日没夜地号啕大哭。一周过去，销假回公司时，苦瓜小姐已经俨然是个没事人了。

努力工作，按时吃饭，逛街聚会，健身旅游。

这场失恋似乎没有给苦瓜小姐的生活带来任何影响，除了她的味觉。洋葱先生离开后，苦瓜小姐的味蕾开始拒绝那些甜味的东西，在很长一段时间里，苦瓜小姐吃到甜食就会恶心干呕，包括她曾经最爱的棉花糖和冰激凌。

苦瓜小姐开始吃苦瓜，并且慢慢爱上苦瓜。

苦瓜小姐成了名副其实的苦瓜小姐。

一年后，苦瓜小姐向公司申请外派到西安工作，然后，再没回过C城。

苦瓜小姐说："最开始吃苦瓜确实存了些自虐的念头，心头已经是一片荒芜，哪还会怕苦瓜的一点点苦涩。后来吃多了，竟真吃出了些味道。慢慢品尝，挨过入口的苦涩，真的会有清甜的回味回报，这大概就是人们常说的苦尽甘来吧。"

第二天大清早，我便从苦瓜小姐家离开回研究所了。之后很长一段时间，都没有苦瓜小姐的消息，只辗转从朋友口中得知，她请假回老家出席了洋葱先生的婚礼，没有大闹婚礼现场，据说还送了不薄的红包。

再后来，手头负责的几个项目凑热闹似的赶到一块儿结题，我便整天忙得焦头烂额，再没与苦瓜小姐碰过面。

五月的某一天，失联多日的苦瓜给我发来了微信消息，说她在赛格，看到一个男人，眉眼像极了曾经的洋葱。

我沉默，不知该如何回复。

不一会儿，她发过来长长的一段语音和一条分享。

她说："奇怪的是，我居然内心平静，并无过多波澜。"

她说："曾经我以为洋葱先生会是我心底永远的痛。现在才后知后觉，关于他的离开，我早已释然。他是我青春年华的一个美丽的意外，出现过，温暖过我，教会我去爱，教会我成长。"

她说："安安，你知道吗，苦瓜还有个美丽的名字，叫半生瓜。半生瓜，大概是用青春才能参悟的味道。半生以前，人俱觉苦涩难食；半生以后，才识其清凉甘香。"

点开苦瓜小姐的分享，Eason醇厚低沉的嗓音，深情款款地唱着：

"真想不到当初我们也讨厌吃苦瓜，
今天竟吃得出那睿智愈来愈记挂，
开始时捱一些苦，
栽种绝处的花，
幸得艰辛的引路甜蜜不致太寡。
……"

一个人北漂第五年，等一颗葡萄熟透

_ 严小沐

总有一些歌会在你生命中最暗淡的时候出现，像夜空中闪亮的星，陪你走过一段路，完成它的使命，再慢慢隐去。

我有这样的日子，你呢?

1

在北京生活的这五年，我还是每年写一本日记，记录成长得失，翻飞的眼泪，浮光掠影的生活，遇到的人和事。

随手翻开的那页是 5 月 10 号，想垂泪。

那天是个周末，正好母亲节，给我妈打完电话，我便跑出去找房。那时我还在一家国企出版社上班，囿于体制根本做不了什么，每天浑浑噩噩。至于为什么想搬家，说出来也是矫情，就是想过一点诗意的生活，幻想着离单位近些，又比邻地坛，还有个学校，每天早晚可以去跑跑步，读读书，写写字，好像这样我就可以拥抱新生活了。

约了赵小姐陪我看房，结果一出门，倾盆大雨。来京这几年，每次租房基本靠朋友推荐，这方面的涉外能力一塌糊涂。赵小姐大概是老天派来救我的，她彪悍成熟很多，跟中介聊起来，稳准狠，术语一个接一个。我傻子一样站在旁边，在心里默默地为她点赞。

那时候我很穷，工作几年了，手头上有一笔小小的积蓄，但为防止意外根本不敢动，其他基本靠每月的工资。如果我选择搬进城里，想实现走路上下班，就必须一次性支付押一付三的房租及中介费，费用不低。想想有点矛盾，但鬼使神差，当时的我一厢情愿地幻想诗意人生。大概在其他方面，确实束手无策了。

没有男友，没有钱，工作也止步不前。

这样的日子真叫人气馁啊。一天下了班，我戴着耳机被人群卷入地铁，瞬间被逼到角落，我的脸贴着一个人的大背包，无法挣脱，只能听歌发呆。

那会儿最贴心境的大概要属陈奕迅的《葡萄成熟时》，已经单曲循环很长一段时间。在人生的低谷里听，仿佛每个字词都为我量身定制。很多人说 Eason 是位灵魂歌者，总能把歌唱得入骨。

“当初的坚持，现已令你很怀疑，很怀疑，
你最尾等到，只有这枯枝……
这一次你真的很介意。”

想想我们这代人，年岁不大却也踩到了青春的尾巴上，遇事不多却再也不是少不更事。关于人生、关于爱情总有些梦想，还有最初的坚持。可惜，岁月蹉跎，一年又一年春天脚步的逼近，人生的固定光景已清晰可闻。

一股倦意爬上来，噎在我的喉咙里，上下不能。难道对这人生我真的一点主动权都没了？我想，至少还有搬家这件事可以让我去折腾一下。既然我希望我的“自我”可以永远“滋滋”地响，翻腾不休，就像火炭上的一滴糖。那就放马过来吧。

没想到房子根本没法儿找，靠近二环的房子老旧得要命。闹市里的破屋，价格昂贵。

看到第三处的时候，我就快受不了了。雨越下越大，我和赵小姐的鞋袜全打湿了，袜子黏在鞋子上发出吧唧吧唧的声音。中介穿街过巷走得飞快，把我们带到一个破旧的筒子楼。楼梯昏暗，到二楼左侧的屋子一看，墙面斑驳，是20世纪六七十年代的风格，里面还散住着另外三四户人家。

要退房的是一对中年夫妇，之前在北京做点生意，临搬家，屋子里七零八落。大白天需要开着灯，因为屋外正好有棵很高的树遮住了窗子，灯绳被扯得老远，拴在床头，大概为了方便夜间开关。他们从中当说客，说：“姑娘，这房子挺好的，两千块钱在三环里头，哪能找到这么大的？喏，这还有个保险柜，到时也可以送给你。”正说着，门口有个男人光着膀子走过。

我和赵小姐很快退出来。蹚着雨水，我们又看了几家，真没想到，不足十平的斗室已经夸张成这样，实在难以想象搬进来之后的日子。

哪来的狗屁诗意人生？

一次租房看房，压缩式领略北漂生活，认识到自己的无能为力。

2

房子事件后，迎来了一个节假日。三天假期，我没去亲友家聚会，实在担心自己姿态难看。一个人宅在家，反正横着竖着躺着，再难看，也没人管。到傍晚，我爸来电话，说："丫头啊，你这么大了，自己的事情还是要好好操心。要不，还是回湖北吧。"

放下电话，我一阵难过，又莫名愤怒。真是愤怒呀，我心里燃起一团火，可是这愤怒又要指向谁呢？

都说，人的愤怒源于对自己的无能。

我在斗室里转来转去，可依然没有好过一些。实在不想哭，只好穿上运动鞋，想冲到偌大的小区里去跑一跑。

一圈，两圈，三圈……很多圈过去了，汗出了，火熄了，戾气也没了。晚风温柔，我戴着耳机听着歌，坐在长椅上看星星，看嬉闹的人群，看大人哄着孩子，数对面楼层的高度，以及观察别人家的阳台是怎么布置的。我想以后我肯定能成为一个极好的生活家，不会辜负这些年一个人练就的生活本领。

人一孤独，看到万家灯火，难免自艾，总以为每一个窗子里的故事都是甜的，皆是世外桃源。好奇怪，这种心情就像演员给自己加戏一样，那么多桥段最后只感动了自己。悲戚又自怜，大约是一种病。

据说有这样一个说法：

“假如一件事、一个困难，它囿于你，让你长久困顿甚至哭泣，而你始终无法克服它带给你的负面效应，那很有可能那件事并未真正触及到你，至少没有激发你的智识和勇气去改变它。”

总之，那时候摆在我眼前的困难简直太多了，各个是死穴，件件像硬伤。

惊觉这几年像一场梦，爱过几个人，换过几份工，兜兜转转在一个小圈子转，和自己铆着劲，像等待一个久违的讯号，给我力量去起身奔跑。这几年的笑与泪，慢慢都留下了注脚。

“是啊，我的葡萄，你何时才能成熟？”

3

人在谷底，只要你愿意保持一点向上的姿态，多少会迎来转机。或者说，内心渴望变美好的愿望实在太猛烈了，上帝听到了祈祷。

可这世上哪来什么胜利呢？坚持到底便是胜利。

从那以后，跑步竟然坚持了下来。每当快乐或者悲伤，甚至并无起伏的时候，我便在心里对自己说：出去跑一跑吧。于是，在小区，在公园，在跳着广场舞的大妈身边，我一圈一圈匀速奔跑，看周围的色彩五光十色流过，看它们渐渐消失在我眼前。

有一次出门跑步的时候，太阳还没落山，有大片绚丽的色彩泼墨似的洒在天边。有微风，新长出的叶子在夕阳里泛出油的光，却不惹人腻。难得下午睡了一个安稳的觉，我迅速换上衣服和跑鞋，一个人沿着小区跑起来。我戴着耳机，循环着《葡萄成熟时》。

“问到何时葡萄先熟透，
你要静候，再静候，
就算失收，始终要守。
日后，尽量别教今天的泪白流，
留低击伤你的石头，从错误里吸收……”

不枯燥，也不着急，只是机械地跑，一步一步，并不觉得辛苦。余晖在眼前一点点落下，那色彩由绚丽的绛红变成嫩嫩的浅粉，直到被大片的暗黑吞没，变成一个真正的夜晚。

跑了快两个小时，我终于停了下来。坐在长凳上大口喘着气，风拂过我，身上的汗一点点干掉。我的心里，快乐极了，像开了一朵花。那隐秘的欢乐击中了我，它只属于我一个人，在一个城市的某些时刻。

跑到盛夏的时候，我迎来了第一份兼职，给一个火爆的情感脱口秀节目写书。书整整写了三个多月，洋洋洒洒十多万字。白天上班，晚上跑完步就开始动笔。

那时，我的生活也有了一些变化。瘦了四五斤，整个人神清气爽了一些。我渐渐放弃搬家的想法，或者说不再期待通过搬家这种假把式，去完成自己的革命。那些细小的变化像白昼里的阳光，从书桌移到了地板，又从地板移到了茶杯，最后打在一把翠绿的竹子上，缓缓消失。它们看似从未出现过，却又照亮我的日常。

夏末初秋的时候，书稿终于进入了尾声。一校稿、二校稿……终审稿，一直到最后的那个夜晚，凌晨两点多，我改完最后一稿合上电脑的那一刻。我始终难以想象，这个夏天真的就这样结束了。

拉开窗帘，看着楼下的路灯发出幽幽的光，整个夜晚庞大又寂静。对面的楼黑着，呈现出一个巨大的影子，偶尔几处零星的光从几个窗口映出来。秋蝉响起，夜凉如水。

那些尚未休憩的，他们也是在为未来、为滋滋响的“自我”奋力打拼吗？

书写完，我得到一笔并不丰厚的稿酬。不过对我以后的人生来说，它是值得被记下的。如果没有那些滋滋响的“自我”，没有日日夜夜的写作，贫穷也仅仅是贫穷，苦难也只是苦难而已。

没过多久，我开始给这个脱口秀节目写脚本，从无到有，从门外汉到了解脱口秀一分钟需要抖几个包袱、逻辑是否顺畅、一个观点需要几件事实去支撑。一个大龄单身女青年去研究两性情感，谈男女相处之道，通过观察总结式的密集学习，难免也反思了自己经历的恋情，竟也成长理智了不少。

书写到一半的时候，我认识了苏先生，我们确定彼此是要携手一生的人；书写完，我迅速换了工作，离开了那家稳定的出版社。

新团队的人很 nice，项目也有趣。之后没几个月，几家杂志的编辑也开始跟我约稿，我在惊喜惶恐中一次次去努力完成任务，一点一点写出让自己满意或不太满意的文字。

我想，在北京我终于可以一点一点把握自己的命运了，去照顾那个滋滋响的“自我”了。我逐渐感受到这个城市的情意，这些情意虽源于一些小的具象的收获，但似乎又不仅仅局限于这些。那些灯火、河流、远山、树木、春花秋月，皆是情意。

愿每一个曾在谷底的人，都能体会到这种“葡萄”的智慧，你要静候再静候，就算失收始终要守。

“我知，日后路上或没有更美的邂逅，
但当你智慧都酝酿成红酒，
仍可一醉自救，
谁都心酸过，哪个没有。”

隐匿的驿站

_ 蒸汽饼干

我，一个属兔子的 80 后双子座，在郑州生活。结婚以后，我把原来爸妈家里很多有纪念意义的东西都搬来新家充门面，比如我的 CD，我的游戏光盘，我的球星卡，还有一些杂志摆件。搬不动的除了一些大物件儿，就剩下回忆了。

在没被我宠幸的这些大物件儿里面，有一台破电脑。这台电脑，伴随了我初中到大学毕业的时光，期间 CPU 升级了两次，内存淘汰了好几根，显卡升级过一次是为了打游戏，硬盘最后一次更换是 500G 的希捷。我的一些宝贝，就藏在这 500G 的硬盘里，当然指的不全是隐姓埋名在 D 盘论文文件夹里的爱情动作片。打开“我的电脑”——“音乐游戏电影（E:）”——“Muzk”。两三千首歌吧，有专辑也有单曲，其中《沧海一声笑》的国语粤语版我都有。

年少轻狂总有侠客梦，那时候，玩仙剑，看武侠，逛论坛，写博客。复制粘贴了一些莫名其妙的诗词，就好似参透了其中的人生哲理；睡前戴上耳机畅游想象，闭着眼睛感觉自己就是一个剑客。想想你那时候的“英雄救美”，想想你那时候的“两肋插刀”，想想玩点名游戏把梦想一栏里填上的“侠客”。如果你的嘴角也有一丝微笑的话，那么干过这些傻事的应该不止我一个。

说到梦想了，这个在电视节目上，被半壁江山不断提及的词语，越发地沦为了网友的谈资，甚至是段子手的梗。但是说归说，笑归笑，梦想总归还是要有的。

18 岁之前，我最大的梦想就是出国，去美国。当时有一个美好的美国梦，想买辆二手悍马穿越 66 号公路，想在自由女神像下拍一张随地小便的照片，想去尼亚加拉瀑布蹦极，在堪萨斯追逐拍摄龙卷风，在加利福尼亚的沙滩上冲浪喝啤酒……为了这个梦想，大学那会儿可没少往首都跑，对，就是去那个著名的双语恋爱学堂——新东方学校。为此，郑州往返北京的 K179、K180 的火车票我就有七张。那……怎么会是七张呢？

那是一年冬天，腊月二十八，我孤零零地坐在五道口的麦当劳，等着和黄牛接头。春运，你懂的，明面上的票早就卖光了，想拿票只能从黄牛那里高价收。讽刺的是，就在麦当劳窗户外的路口，电视台正在采访一位拉行李的路人，那天他们的主题就是“让每一个想回家的人都有票”。我就这样边看边笑地充当了他们的背景，还用吃完汉堡的手默默地竖了一个中指，也不知道那天，镜头的最后他们有没有拍到我，拍到了会不会用上。然而直到最后我也没等来黄牛，后来联系上他一打听，说是被警察叔叔一窝端了，票全部被没收。眼看着就要只身一人在北京过春节了，在这个时候，女侠出现了。

女侠是我在北京听课时候租房的房东，那时候跟她合租的女孩去外地考试了，正好临近春节有一间空屋子，就高价贴了出来，招个短租。我很荣幸地就成了这个冤大头，记得好像是 80 块一晚，一个月 2000 多块。那时候很多去新东方的学生，都住学校附近的学生宿舍，一晚上才 20 块。说起来我算是奢侈了点，不过单人单屋，清净。记得去之前哥们开玩笑说“孤男寡女同处一室，你要克制啊……”什么什么的。我虽然嘴里说着“别闹了”，但心里还是有点小期待呢。

然而这个小小的歪念，到了北京第一天就破灭了。这天，女侠亲自在公交站接的我，带我去 711 吃关东煮，在商场里吃韩国小吃，还逛了一家特别少女心的店，好像叫什么 CAT 的店。最关键的是她还帮我拎箱子，没错！她帮我一个大男人拎箱子！女侠是一个和我同龄的圆滚滚的小胖妞，当我拖着疲惫的身体下了车，只想回屋休息的时候，她却兴奋得像是多久没见过活人似的，带着我这儿逛那儿逛。

感觉单凭那半天，我就能把五道口附近的路都认全了。我现在还能记得她穿的褐色外套和白绒绒的围巾，看起来很贵气，但这个第一印象实在是让我感觉很不好。不过想想，毕竟寄人篱下，得罪了可就没地儿住了，所以回到房间后，我就把一切烦恼都抛去了。说起来也奇怪，那间房睡得格外舒服，很安静，很踏实，一点也没有感觉像是在家以外的地方睡觉。

第二天早上，一套煎饼果子和一杯牛奶放在了客厅的饭桌上，她说是她早上去跑步减肥顺便买回来的，感谢我昨天请她吃韩国料理。

我说了声谢谢，随便咬了两口，不是很好吃的那种，然后就收拾书包去上课了。那天的课记不得讲了什么，只记得我晚上回来发生的事儿。

那时候打长途漫游太贵，我就用街边的IC卡电话，每天一个给家里报平安。去的第二天我还没有买新的电话卡，放学之后又下雪了，就回到住的地方，向女侠借了手机给家里打了个电话。电话这头我跟爸妈唠着学习心得和交友体验，屋那边却传来了玻璃碎掉的刺耳声音。我赶忙挂了电话去看看发生了什么，只见女侠傻愣愣地站在破碎的穿衣镜前，玻璃渣子散落了一地。看到我出来了，她急忙说对不起，打扰到我了。我一边说没事，一边帮忙把碎玻璃扫在一起。然后她好像哭了，就回自己屋子了。其实当时心里是怕怕的，感觉这姑娘怎么奇奇怪怪的。

之后的几天相安无事，我回到屋里就是看看书，她就在她的屋子里玩电脑。一般情况下是都互不打扰的，直到有一天，她提出能不能陪她一起下楼走走，我也没想那么多，就一起去了。

那时北京的天已经零下好几度了，没走多久她就又哭了起来，围巾裹着的脸颊胖嘟嘟的，红扑扑的。我递给她一张纸，顺口问了问是怎么了，这次她终于说出了原委。

女侠说她从小跟着父亲一起长大，她爹是做生意的，不能说不管她，只是忙不过来照顾她。女侠零花钱很多，所以在北京上学可以不用住宿舍，在外面的高档小区里租房子住。她在清华学声乐，家里有最好的乐器，有当时配置最好的电脑，都是用来编曲的。

女侠的生活里，物质方面什么都有，精神上却是一场空。她在学音乐的这帮女孩子里，长得不算出众，甚至是有点普通，又不属于会来事儿的那种，所以老师对她也不温不火。关于她的朋友，我也见过几次，打扮得花枝招展，不是来找她借电脑，就是约她出去唱 K，当然唱歌的钱应该都是她来付，这样才有机会和同学们“打成一片”。女侠每天早上都会跑步，努力朝着她那些漂亮同学的模样发展。

还有一件事，原来女侠的合租室友根本不是合租，而是她之前最好的闺蜜。女侠完全是自己负担着房租让闺蜜来住，后来闺蜜还把男朋友也带来了，因为有一次女侠嫌他们吵，这男的竟脱口而出“你这死胖子”。后来他们就不欢而散了。

那我就问她：“你在网上发帖子，干吗说自己的室友去外地考试了？”

她是这么解释的，其实这帖子有一半信息是真的。那个女孩儿确实去外地考试了，只不过她和我一样，只是女侠的短期合租伙伴。这样的伙伴，我是第五个。女侠在赶走闺蜜之后，就萌生了这样的想法，都说网络上交友不安全，但比起对现实的失望，她更愿意给陌生人一些温暖。她会去车站接每一位房客，带他们吃，带他们玩，帮他们拎箱子，走的时候还会送一件小礼物，就是在那家什么 CAT 的店里买的。她渴望用这样的方式交朋友，希望能用自己的慷慨换取别人的真诚……

安慰人是我不太擅长的一项技能，我也记不清那天我都说了些什么来宽慰她。总之她那天哭过之后，就又恢复了之前很开朗的样子。

说起后来我是怎么从北京回来的，这也巧了，女侠那年要搬很多东西回家，她回老家的路线，正好会路过郑州，所以我就跟着他爸司机的车，一起顺路回来了。回来的路上，我对女侠说："你们家的床挺舒服的，也挺安静的，你对你的房客可真好。"她笑笑回答道："你可是最特殊的一个啊，我看你是来学习的，才自己去住临街的客卧。"虽然她说起来轻描淡写的，但我觉得她应该对每一个房客都会如此吧。

至于我为啥会叫她女侠，你想想看，她这间租在闹市里的两室一厅，不就是繁华都市里的一处客栈吗？女侠就是客栈老板娘，照顾着南来北往的住客，迎来送往，江湖情谊在这个时代并不缺失啊。

好像前两年过年的时候，女侠和我还会互相发个短信问候一下，只记得手机里存的名字还是"北京房东"，到最后都没有问起过她的名字，这结局，也许就是"相忘于江湖"了吧。

纵然有这样的女侠相助，纵然父母贱卖了一套市中心的房子给我筹学费，纵然我的托福也拿到了理想成绩，但最后我的美国梦还是没能照进现实。在我看来，能挡住梦想前进的拦路虎，就两个，一个是你关心的钱，一个是你关心的人。

20 岁之前，我只有哥们，只有江湖情谊。20 岁的第一个月，我就恋爱了。然而像女侠这种的朋友，绝对不可能出现在我 20 岁之后的人生里。

有人说黄霑是鬼才，徐克也是鬼才，两人创作的《沧海一声笑》纵贯江湖，前无古人。但为什么后来人不再有这样的创作了呢，因为林夕等人出现了，这之后的人们不再贪恋江湖，只沉迷于情爱。

有一天，
你也会变成故事的女主角

_ 橙子乐

“啦啦啦啦啦，啦啦啦啦啦……”高中时候，坐在我前桌的男生，总会反反复复哼着这段旋律。听了一学期的我，终于鼓足勇气，涨红着脸问了他歌名，一笔一划记下来：《月半小夜曲》。爱情、分手这些词对那会的我来说，还太远，只是觉得这段旋律好听，便一遍遍地放着，在晚上回家的路上，在复习做题的夜里，在做着白日梦的时候。

从初中到高中，我更多地像一个旁观者，站在热闹的人群边上，看着他们开心地打闹、追逐、开玩笑，在适当的时候跟着笑笑。和用手指数过来的几个朋友，也保持着适当的距离，偶尔聚合，更多的时候像是分离的原子，各自默守在自己的座位上，互不打扰。这样一个不合群、不好看、不会打扮的我，本分地扮演着一个捧场的观众，没有人知道我心里的秘密。

“我啊，曾做过好多、好多关于他的白日梦。”

在高二升高三的那个暑假，为了更好地备战高考，学校把我们这群人搬到了教学楼的最高层：六楼。班级外面走廊的窗口正对着学校的大门口，看书看烦了的我们经常在课间趴在窗口，放风。每天吃过晚饭我就会立马跑回教室，一个人趴在走廊的窗台上，假装认真地看风景。我知道，再过个十几分钟，学校的大门口，就会出现那个身影。

他一迈进校门口，我就会看到。我可以肆无忌惮地看着他，看着他迈着大长腿一步步走向教学楼，看着他穿着的格子衬衫，看着他鼻子上架着的眼镜，看着那张出现在我脑海里无数次的脸。我就这么看着他，直到他走进教学楼，再也看不见。从来没有人留意过我逗留在窗口的原因，我也没和任何人提起过，这件事就在他进入教学楼的那个瞬间，一跃从窗口逃走，不留一丝痕迹。

曾经在脑海里，勾画过无数次我们开心聊天的场景，然而，在现实生活里，最勇敢的偶遇，也仅是抬起头笑着打个招呼。更多时候的我，如果远远地看到他，会换条路走，假若实在避不开，只会默念着“你看不见我，你看不见我”，闷头从马路的另一边快步走过。我只敢在他不知道的时候，偷偷地看着他，做着关于他的白日梦。我就这样藏在壳里，享受着幻想的快乐。

我带着这个秘密告别了我的高中。走的时候，刻意地把 MP3 遗留在了家里，希望大学有一个闪亮发光的开始。然而，过了两年，除了长胖几斤，多看了几本侦探小说，我还是那个我，还是那个尽职尽责的旁观者，还是守着脑海里的那个身影，变着花样地做着白日梦，只是做梦的时候，耳边换了其他的歌。

那会儿，最喜欢一个人搭半个小时公交车到南锣鼓巷，绕着后海，走啊走，走啊走，走到累了再回学校。看过很多爱情故事，也听了很多靠谱或不靠谱的爱情理论，可还是不敢往外迈出一步。羡慕那些有故事的女同学，自己却不敢朝那个身影走近一步。几年过去了，我还是那个背着壳的㞞蜗牛，窝在壳里，做着白日梦。

我把 MP3 留在家里的时候，以为很快我会重新找回这些歌，没想到，换了地方的我遇见了更多更新的朋友，之前的老朋友就摆在记忆的角落里，再没见过。

毕业之后，我离开了北方，一路南下，到了一个可以见到海的城市。在这里，我遇见了一个教会我爱的人。

我至今想起来都觉得特别神奇：一个如此蜗牛的我，是怎样开始这段感情的呢？也许是他完全符合了我对于学霸的幻想，也可能是一开始觉得两个人之间没有可能，反而可以更加放松地做自己。

反正我们俩就开始了，这个高大的身影让我感受了足够的温暖和安全感，在一起的时间特别开心。两个人会心血来潮晚上 9 点多钟去吃火锅；也会一起窝在家里的沙发上捧着加了水果的冰激凌看电影；会坐几个小时的车去吃一顿烤乳鸽；他还会在吃私房火锅的时候，突然拿出一瓶我喜欢的酒，两个人喝着甜甜的冰镇梅子酒，吃着清淡的海鲜。这种生活太美好了，美好到我心里特别不踏实，经常觉得像幻觉。

第一次谈恋爱的我，就这样完全地沉溺在了这段感情里。“沉溺”这个词真的是太到位了，那种隔几秒就会出现的小小窒息感，非常恰当地描述了那种患得患失的感觉。第一次感觉到自己的喜欢有了回应，便更加放纵这股喜欢的力量；第一次感受到爱与温暖，便得寸进尺地从对方那里索取。内心急切地想要长久地维护这段关系，却朝着相反的方向越走越远，直到两个人彻底走散。说好的天长地久，变成了斩钉截铁的告别。

失恋后，我没有大哭，没有买醉，更没有在夜里给前男朋友打电话。白天还是照常地上班、工作，晚上回到家看会儿电影就睡觉。会和朋友聊天，也只会说“可能两个人真的不合适，这样对两个人都好”这种非常“理中客”的话。就这样过了一个多月，我以为我好了。结果，有天看视频的时候，无意中和《月半小夜曲》这位老朋友相遇，整个人彻底崩盘，完全控制不住地大哭起来。

我忽然意识到，原来我是多么地不想让他走。从开始到结束，我都完全没有想过我们会分开，我以为会一直看到他温柔的笑，万万没想到会遇见冷冰冰的句号。那次大哭之后，我真的接受了他离开这件事，下狠心彻底切断了联系，慢慢地寻找一个人的状态。听懂了歌词后，再不敢听这首歌，疼。

等到有一天，等到我觉得过好像是发生在 20 世纪的事情的时候，我遇见了一个看着很顺眼的男孩，我非常自如地和他打了招呼，还聊了会儿天。在那一个瞬间，我突然意识到：我比之前勇敢了。那个禁锢着我的壳，不知道什么时候消失了，我开窍了，我敢交新朋友了，我敢走上前去打招呼了。接下来的几个月，我和这个男孩越来越熟，玩得特别开心。

我开始相信，有些人出现在我们的生命里，是有原因的。我想，前男友的出现，可能是为了教会我如何去爱吧。

他在我没有防备的时候，把我从壳里面拉出来，让我有胆量去接受爱；他爱过我，让我知道什么是爱。在一起的时候，我一门心思地沉溺在恋爱的感觉里；分手后，我又一度怨恨他。直到后来遇见了新的人，我才意识到，虽然他半路离开了，但他还是在某种程度上治愈了我，让我摆脱了那个厚重的壳，不再怯懦，勇敢地面对自己、面对喜欢的人、面对感情。

把这些写下来才发现：这 9 年来，我的变化太大了。现在我拥有的一切，是大学时候的我想不到的，更是高中时候的我不敢奢望的。

我真的从一个纯粹的旁观者，变成了故事的女主角，还有过一段属于自己的故事。而且，这段故事的结局谈不上悲情。

细细想来，恋爱中的甜蜜让我忽略了一个重要的事实：我和他是不同轨道上的两个人。我们对于生活的诉求完全不同，他有着明确的生活规划，未来一目了然，而我还满怀着对生活的迷茫。不在一个节奏上的两个人，很多时候无法互相理解。他比我清醒，及时地结束了这段没有未来的关系。我也是在分开之后，才意识到在一起的时候，我一直在扮演着他想要的我，而不是真正的我。真的要感谢他理智地终结了这段关系。

现在，不怕听《月半小夜曲》这首歌了，因为我明白，没有把握住的感情，可能真的不属于你，在这段感情里的收获反而要比这段感情珍贵得多。这段经历带给我们的成长，只有我们自己知道。给自己一个机会接受爱情，你会惊讶于爱的力量。想回到高中时候某个夜里，悄悄地趴在那个怯懦的小女孩儿的耳边，说一句：你知道吗，有一天，你也会是故事的女主角哦！

美好的超级心灵鸡汤，手动再见

_ 不默生

如果说，世上有且仅有一首流行歌，竟然能够深刻影响到我的思考方式、为人处世，甚至间接影响到我的人生，必须是且只是《沉默是金》。

当然啦，谁也不会专程为了接受教诲去听歌滴，噗。

真正厉害的影响就像春风化雨，是不知不觉铭刻在心的。

第一次在电视上，从《雀巢音乐时间》MV 特辑里邂逅《沉默是金》，是在遥远的 1990 年。

当年在江西上饶这么一个名不见经传的地级市，本地小电视台也挺不容易的，辗转从上海买来香港新鲜音乐特辑版权播放。虽然说时效比较迟滞，晚了将近半年，但依然很珍贵。

还记得那次 MV 特辑总共有 3 集，首先播放的是张国荣，大多数精选他 1988 年至 1989 年的得奖歌曲。

那时候的张国荣刚刚宣布退出香港乐坛，很多歌曲得奖，正红得发紫。还自带离别前的伤感光环，更加闪闪发亮。

而那时候的我，还是被升学压力蹂躏得面无人色的高三学生。

当年大学还没有开始大规模扩招，大学生毕业还是国家包分配的，相应的，高考录取比例相当低，升学压力远远大于现在。高三学生几乎被学习压得喘不过气来，睁开眼就是看书做题。难得有机会看一集MV，兴奋不已，至今还能回想起当初的情景，开动所有听觉视觉，恨不得把每一个画面、每一粒音符刻印在脑海中。

夹杂在张国荣《侧面》《风继续吹》《共同渡过》等诸多大热门金曲中，《沉默是金》却脱颖而出，深深吸引了我的注意力。

二十多年过去了，我已记不清MV画面怎么勉强匹配古意盎然的词曲，只记得流水般古乐的前奏响起，瞬间吸引了我全部的注意力。

在字幕帮助下，听见张国荣与许冠杰用优美的旋律、美妙的歌声娓娓道来，“是以往的我充满怒愤，诬告与指责、积压着满肚气不愤”，两位超级巨星还很有责任心地在歌中试图给出解决方案，认真陈述：

“是非有公理、慎言莫冒犯别人，
遇上冷风雨、休太认真。
自信满心里，休理会讽刺与质问”，

这样就可以“笑骂由人、洒脱地做人”。

而这一套“沉默成功学”的理论基础，则是歌中古韵盎然，反复咏唱的世界观：“冥冥中都早注定你富或贫，是错永不对、真永是真”，从而顺利导出听起来很有道理的处世哲学：“任你怎说安守我本份，始终相信、沉默是金。”

当初我第一遍听，其实没太关注歌词，只觉得哥哥太帅了、歌声太磁性了，许冠杰的声音太温柔太好听了，这旋律太迷人、太余音绕梁了等，为一首歌沉迷到醉。

于是，在那个没有互联网、没有MP3、没有在线听歌的年代，艰辛地到处搜索，总算买到了有这首歌的磁带，顿时如获至宝。

艰辛苍白的学习缝隙偷偷听一会儿歌，觉得《沉默是金》已经不是一首简单的歌曲，简直上升到成为苦闷青春的救赎。一遍遍聆听，熟到都能模仿粤语发音来唱歌了，歌词自然也深入心中，熟极而流。

但在少年人心中，张扬才是主旋律。歌词里宣扬的忍让退缩、沉默之道，必须过耳不过心，纯欣赏词句之美而已。

好不容易挨过千军万马过独木桥的高考，我进入大学校园，本就张扬的少年心气，更得到周围无数自认天之骄子的同学气场加成，更加锋锐不堪。现在想起那时候的臭屁自傲，简直惨不忍睹。类似班级选学生代表，竟口出狂言“我才不代表谁，但也没人能代表我”表示弃权不选的蠢事，我也着实干了不少。

校园从来都不是真空的象牙塔。求学时光再纯美，出任学生会部长、入党名额之类的竞争纷至沓来，狂傲被现实一次两次打击，总有我不得不低头，收敛的时候。

偶然午夜不寐，心里默默哼唱起刻在骨子里的《沉默是金》，突然有些触动：如果我能够学会低调内敛，做到沉默是金、笑骂由人，是不是就能洒脱？

从那以后，我开始慢慢学着情绪激动时不要着急说话，先数十下再开口；如果这样还不能心平气和，就再忍忍，可以考虑数一百下再说……往往这样一拖延，连开口的必要都被憋回去了。

果然，开口是银沉默是金，学会收敛之后，紧张的宿舍、同学关系都颇有缓和，跟系里老师的联络也变得顺畅。跌跌撞撞成长中的我，得到鼓励自然会变本加厉地坚持，也得到了正向回馈。

甚至觉得，连当年重要到，以为会决定一生路向的毕业分配，都变得顺利了一些。

如果一辈子都在毕业分配的单位待着，没有大的转折，我想《沉默是金》在我心目中就不仅仅是一首歌，也不只是得到我默默的感激，而是会上升到人生哲理层面，变成我三观的一部分，融入骨血，伴随一世。

但，变化总是比计划快。

我意外地离开家乡那个中等小城，几经奋斗来到大都会，成为芸芸白领众生中的一员。

还像从前那样，努力劝自己做到沉默是金，却躲不开现实狗血淋漓，我不得不经历职场必然出现的争斗，哪怕自己默默开拓新的资源、新的客户，却从来逃不脱被抢走、被争功的事，甚至被排挤到不得不跳槽。

幸亏来自小地方的人大多天性肯吃苦，我总算在这个行业中咬牙坚持下来了，职位还略有提升。

好几次混到不得不跳槽找下家，离开不久，又多半会被原来的BOSS约出来吃饭唱歌，默默听他们意味深长地感叹“真没想到，××客户原来是你的朋友”，或者“可惜……当时我不知道你这么能干”。

一次两次是偶然，这种奇葩场景累积多了，我终于开始怀疑自己：不争功不诿过、只低头耕耘、不咋咋呼呼表功，其实……我做错了？

又一次因为大同小异的理由收拾纸箱离开，想着下一个工作机会在哪里，我走出写字楼的瞬间，自觉问心无愧，也坚信凭真本事，找下家并不难。咀嚼心底不经意就能默默流过的熟悉金句自励：

“冥冥中都早注定你富或贫，
是错永不对、真永是真。
任你怎说安守我本份，
始终相信、沉默是金。”

忽然有些不确定感。

年轻时信之不疑的真理，在经历了这许多坎坷之后再回头体会，突然，它不那么深沉睿智、意味深长，里面蕴藏的安慰力量，也被真实的人生车轮反复碾压，磨损得面目模糊。

我不由得苦笑。

——它只是一剂心灵鸡汤嘛。

就像我们熟悉的老港剧，里面总会有人用沧桑的、和蔼的、通透的语气说，“做人嘛，开心最重要”。

乍一听，很像终极真理。

但略微潜心一想就明白,这只是心灵鸡汤级别的、轻飘飘的仿真理。鸡汤总是这样，提供软弱的、模糊的、似是而非的心灵避风港，让我们退缩的同时，还觉得自己挺通透。虽然不能放之四海皆准，却可以用来安抚狂躁和空虚，可以让疲惫的心得到片刻安慰。

是的，如果跟无知年少毫无底气的狂傲、臭屁相比，沉默是金已经是很高明的人生哲学。

但是到了披荆斩棘的职场，要靠双手挣到一席之地，在自己艰辛付出得到业绩的同时，还时刻隐忍、沉默和退让，这种无原则的沉默是金，几乎就是资敌的蠢事：什么行为最能有效达成亲痛仇快，这几乎等同于束手不争的“认命”，就是其中之一。

除非你励志做康雍乾家的那只张廷玉，呵呵。

我开始学着改变，开始试着激励自己“宁鸣而死、不默而生”，努力忘记那些容易被误会成怯懦的低调,不在意姿态是否够洒脱通透，而是竭尽全力去拼去闯，同时大声为自己争取机会。

调整心态不是那么容易的事。

我跌跌撞撞适应了好一阵子，立竿见影的是职位和年终奖都提升很快，而接踵而来的，是发现站在略高一些的位置，会见识到更激烈的竞争。

不管是不是把流行歌词里面的几句劝勉当真，优雅的旋律、美好的歌声没有变，我依旧很喜欢《沉默是金》，但在KTV也开始学同事，用各种假声喊《浮夸》。

可是在我内心深处，始终有一个角落，珍藏着当年，听到这首蕴藏着美好祝福的歌曲时，那一刹那的触动。最初的感动。

现在的小小白领，对美好心灵鸡汤的境界，只能挥手再见。可是在应酬之余、夜深人静，我偶尔会小小声唱给自己听：

“是以往的我充满怒愤……
现已看得透不再自困……
遇上冷风雨、休太认真……”

也许到了将来的某一天，不再被生活的负担逼迫努力向前时，我可以拾回当初的心情，告诉自己上天是公平的、能安守本分是幸运的，我可以过上更平和通透的日子，能理直气壮对人说是错永不对、真永是真。

行为不必僵化得万事沉默，但一样可以拥有那种心境——

笑骂由人，洒脱地做人。

伴我闯荡，你的歌

_vigor 绵绵熊

很长一段时间里，我会做同样的梦。

在梦里我回到了 2010 年，那一年，我还没有满 21 岁。大学的毕业答辩上，那位小有名气的老师朝我走来，他对我说，你很有才华，我非常希望你能在这条路上坚持下去，这条路一定会很苦，但是我希望你不要放弃。在梦里他的面目越来越模糊，我试图走上前，却什么也抓不住。

现在让我回忆起我的大学时代，仍然像一场迷蒙在雾气中的梦，梦里那些模模糊糊的光景，我不知哪些是真，哪些是假。那个志得意满的我，那个彷徨失措的我，到底哪个才是真正的我？后来她们都随着雾气消散在那个迷茫的 2010 年。

甚至在回忆起那些往事的时候，我都不敢确信它们是否真的存在过。我当时并不知道，其实在 2010 年，即将毕业的那年，我已经有了双向情感障碍的早期症状。

那年我壮志踌躇，心里计划着毕业后的一千个梦想：考研、去北京、学策展、结识艺术家朋友、过朋克的生活。但是现实和疾病很快将我打回原形，我不得不回到我出生成长的那个小镇里，做一份父母为我安排好的工作。一切和我的理想背道而驰，我还没有来得及回想，六年就这么过去了。

2016 年上半年的最后一天，我又一次听到了 Beyond 的《谁伴我闯荡》，黄家驹在 MV 里背对着帷幕，眼神倔强，他唱："几多天真的理想，几多找到是颓丧，沉默去迎失望，几多心中创伤……其实你与昨日的我，活到今天变化甚多。"他抱着吉他，眼神倔强，满眼满身都是不向命运低头的士气。

我想起一位朋友曾经说过"Beyond 歌唱的全是大爱，我相信只有黄家驹才能写得出这样的歌"，禁不住泪流满面。回想起我毕业后的整整六年时光，就是这样：

"其实你与昨日的我，
活到今天变化甚多。
前路没有指引，
若我走上又是窄巷，
寻梦像扑火，
谁共我疯狂。
长夜渐觉冰冻，
但我只有尽量去躲。"

这六年里，究竟发生了什么，我一时想不起，我只是记得我病了，疾病和药物让我忘记了很多事情。我反反复复地做着那个同样的梦，唯一能记得的，就是不能放弃艺术。但我究竟该怎么做？我并不知道。只是在内心深处告诉自己，这是我用生命爱过的东西，终其一生，我都不愿意离开它。

但是那几年里，我的身体已经无力支撑，药物的副作用使我发胖、虚弱、睡眠时间增长、大脑一片空白。正常人都能够胜任的工作，我来做，却漏洞百出。我很努力地想做更好一点，但事与愿违。领导在我完成的文件上，画的错误记号依旧在那里嘲笑我，让我觉得自己很失败，很屃，很窘，能力很差。我甚至觉得自己简直不是一个正常的人，因为我无法完成一个任何正常人都感觉毫无压力的事情。

我陷入深深的绝望。面对这样的情况，家人告诉我，你要认命，你已经不是以前的你了。现在的你，能力差，身体差，不能跟正常人相比，能勉强生存已经不易了，就不要想那些好高骛远的事情了。

而我只是觉得，如果不能做一个聪明、接受能力强的人，如果不能继续从事我挚爱的艺术，还不如死了算了。

我跟朋友说起这些事情，却不敢说到疾病。他讲，你干吗要去死啊，如果你想死，干脆把你想做的事情，全部做一遍再去死好了，去北京，去找工作，找画廊，或许到了那一天，你就不想死了。

他说，我知道你难过，我知道你不想过现在的生活。难过的时候就听听歌，听 Beyond 的《谁伴我闯荡》吧。Beyond 歌里唱的全是大爱，我相信只有黄家驹才能写出这样的歌。你看，黄家驹已经不在了，而你还活着，多好。

那段时间，我对任何事情都没有太大的兴趣，还是听从他的话，反复听这首歌。一边听，一边想着，我可能一辈子都要这样了。

“走上又是窄巷，寻梦像扑火，长夜渐觉冰冻”，听着听着便大哭一场。但我最终还是活了下来，或许还是因为性格的懦弱，使我不敢直面死亡。疾病让我变得恐惧，害怕一切陌生的、未知的事物。我也记得我曾经在豆瓣的艺术小组发过几条简历，唯唯诺诺的语气，简历最终石沉大海。那段时间，别说出远门，甚至连上班都成了困难。睡眠时间要长于普通人，通常是卡着点起床刷牙洗脸，拖到快要迟到了也不敢踏出家门，在家门口号啕大哭一场，才硬着头皮走向公司。

“几多天真的理想，
几多找到是颓丧，
沉默去迎失望。
几多心中创伤，
只有淡忘。”

我现在都快忘记那段时间是如何熬过来的了，但每日上班前，那场号啕大哭却记得格外分明。我站在门口，看着窗外翠绿的植物和明晃晃的太阳，内心却格外恐惧，仿佛踏出这一步，前方便是万丈深渊，心底有无限的绝望和苦楚。

现在回想起来，如果我人生中没有这场大病的经历，我可能会带着一点癫狂的中二气质，热血满满地写这篇文章。

我也许会告诉你，人活着是要有点精神的，哪怕山穷水尽，路遥马亡。可是我没有。

我在人生中最好的几年里病了，整整六年，围绕在我身边的，除了绝望，还是绝望。

我曾经一度以为我永远也不会好起来，也许一辈子都会像一具行尸走肉一样，活在这个世界上，成为家人的负担，社会的累赘。可是真正好起来的那一刻，一切都变得很平淡。后来我学会了坦然面对人生中出现的一些变故，就像苏轼在《定风波》中写的："回首向来萧瑟处，归去，也无风雨也无晴。"

而那时，我只知道我不能放弃，也曾试着找过兼职，鼓起了很大的勇气，在一家美术培训机构做助教老师。磕磕绊绊的，做得并不是很好。疾病让我格外敏感，任何一点风吹草动都战战兢兢。害怕是常有的，害怕走出家门，害怕和人类打交道，害怕工作不好被别人讨论。当再次听到《谁伴我闯荡》时，是在一次招生宣传活动上，我们手忙脚乱正在收摊。旁边招生的琴行老师抱着吉他，弹唱着这首歌。

那天我突然很难过，就在傍晚的时候。我开始怀疑，这份兼职到底能给我带来什么，是离我的理想更近一步，还是更远？但也可能是因为天气吧。我还记得当时闻到一股深秋的气味，凉凉的夹杂着烧玉米秸秆的味道，我的心底一沉，只觉得韶华已逝，时光荏苒。那年我已经 25 岁了。

“其实你与昨日的我，
活到今天变化甚多。
谁愿夜探访，留在我身旁，
陪伴渡过黑暗，为我驱散寂寞痛楚。
寻觅没结果，谁伴我闯荡。
期望暴雨飘去，
便会冲破命运困锁。”

那次招生之后我辞掉了兼职，我想我应该在 30 岁之前做出一点改变，而不是麻木地被生活推着走。我开始调整自己的生活状态：定期去看医生，清理和我无关的人和事，收拾房间，锻炼身体，收集在职研究生考试资料并准备考试，定期写文。我的耳机里回响的还是那首《谁伴我闯荡》。

我一遍一遍对着自己说，我知道这对我来说很难，但我要好起来，我不要这种生活。

我不知道我是怎么好起来的，有那么一个秋天，似乎很久没有发病了。但是在某个清晨或者黄昏，又忍不住号啕。冬天是最难熬的，经历了一整个抑郁难忍的冬天后，春天终于来了。

有时候我的心底会有那么一丝和以前不同的波动，仿佛开始对路边的景色有了些许触动，我知道，快要好了。但反复无常是常有的，我抓紧一切状态好的时间充实自己。状态不好的日子里，我努力让自己快些入睡。反反复复几个春秋过去。我欣喜地发现，我发病的周期延长了，生活开始进入一个平稳期。

2016年的春天，我拿到了建筑学硕士的录取通知书，在网上写下的文字有了反馈，很多素不相识的孩子发来邮件告诉我，谢谢我一直带给他们鼓励和快乐。我又有点想哭，不是那种莫名绝望的号啕，而是，有点感动。原来那个曾经陷在疾病里，痛苦得不能自拔的我，已经可以给别人带来快乐了。

前些天和朋友聊天，他说，挺佩服你的，很多人到了你这样一个年龄，这样一个状态，大多结婚生子，过上安逸的日子，以前的艺术理想，也就放弃了，而你直到现在还在坚持。我说，现在的状态挺好的，我学习建筑、看书写文。终于找到了突破口，完成了艺术和技术的衔接。

在一切都过去以后，我甚至有点庆幸自己曾在这样的年龄里得了一场病。

这六年来，我虽然没有明显的成长，却在慢慢扎根。六年来我读了很多书，透彻地分析了自己。因为疾病，我无力面对太多事情，不得不使我抛弃生活中的一些垃圾人和事，这样的生活单纯清透，格外舒爽。我开始学会及时表达自己的感情，开始明白心理健康比功名利禄要重要得多。除却生死，再无大事，我再也不会害怕什么。后来的日子里，我还是会听那首《谁伴我闯荡》，是啊，活着真好。

斯人已逝，而他的音乐作品却流传了下来，激励了一代又一代人的成长。我觉得我一定要好好地生活下去，也要创造出激励人心的艺术作品。

而我的人生，才刚刚开始。

孩子们，你们敢不敢不谈理想

_ 棉棉小姐

和一切老套的鸡汤文相同，在故事的开头，我得先讲个老掉牙的故事。嗯，你没有猜错，我有一个朋友，故事大概要从我 12 岁开始说起了。

我 12 岁那年，爱上了班里一个姑娘。那个时候她也是十二三岁的光景，一天到晚穿着一件黑黢黢的长款棉袄，每天只干两件事——迟到和趴在桌上睡觉，一点也不引人注目。

而 12 岁的我，一直过着浑浑噩噩的日子，愤青而且中二，在学习考试这件事上，从来就没想过争上游，也从来没有沦为过下游，成绩不好不坏，对学习从来就没有非常强烈的兴趣，每天中午，雷打不动花两个小时去网吧上网。在那个全民努力读书，万众共挤独木桥的岁月里，我们着实是两个异类。

我已经忘记是怎么跟她勾搭上的，也许是中午一起吃饭对上眼了，或者是在网吧里交换了 QQ 号，反正都是些初中女生惯用的伎俩，就这么一拍即合两情相悦了。熟了以后她给我讲小畑健讲高桥留美子，讲迦陵频伽讲藤原佐为，从泰戈尔讲到博尔赫斯。当时我才十几岁，还活在仅仅知道塞万提斯和乔万尼奥里的年龄里，结局自然是——我

觉得她牛 × 透了。

那个时候我们都痛恨应试教育，鄙视成绩好的学生，觉得他们都是一群高分低能的傻 ×，什么也不知道——语文状元错别字连篇，连屈原是谁都不知道。

后来她开始给我讲她的理想，她说她的理想就是像宫崎骏那样，可以画出几部全年龄段的动画片，然后拥有一个自己的工作室和一座自己的美术馆。我一直记得她上课时抄给我的一段话，来自庄子的《逍遥游》："有鸟焉，其名为鹏，背若泰山，翼若垂天之云，抟扶摇羊角而上者九万里，绝云气，负青天，于是图南，且适南冥也。"

我被字条上的文字深深打动，她多么有才华啊，这简直是 blingbling！

后来，文艺一点的说法就是——支撑着我们度过那段晦涩而且孤独的青春期时光的，就是我们对梦想的渴望，我们在吃饭的时候，逃掉体育课的时候，课间休息的时候，一遍一遍地谈论着我们的梦想，就像卖火柴的小女孩，不断地擦亮微弱的火光温暖自己一样。

我们说以后有了钱就要去旅行，去东京，去京都，去奈良。我们说奈良是这个世界上最美丽的城市，我们可以去那里流一场漫长的眼泪，然后学会忘记。我们还要去普罗旺斯的阿尔看美丽阳光下的麦田，在亲爱的文森特的墓前放一束美丽的向日葵。就算没钱也没有关系，高晓松那厮不是说过吗，没有钱我们可以去流浪。我们可以啃馒头睡通铺，去一个城市就打工送牛奶送报纸，赚够了路费就去下一个城市。

那时我们的憧憬一个接一个，就像美丽的肥皂泡泡随时会冒出来。我们在班级里待得别扭极了，其他人他们多土鳖啊，他们多傻帽啊，他们什么也不知道，他们只知道做题，他们没有理想。我们不断地讨论着，充实着，计划着我们的理想。上课写字条说，下课紧锣密鼓地说，放学回家那一点点路也要不断地说，有时站在路口说到天都快黑了，还舍不得回家。

除了喜欢谈论我们的梦想，我们还特别喜欢抱怨。抱怨无聊的《中考冲刺 100 天》，抱怨应试教育，抱怨那群死气沉沉的同学。其他时间我们还是和以前一样，她上课除了给我写字条，还是继续睡觉。我呢，上课时间依旧无聊地玩着别人的文曲星，偶尔听一听课。被老师点名回答问题照样答不出来，要不断地被老师罚抄 50 遍 100 遍。

2003 年，我们在初中校园里度过了最后半年的时光。那年的 4 月 1 日，一位香港歌手从高楼坠下，巨星的忽然消逝，也让很少关注流行乐坛的我们开始了解他，但中考来临，我俩此时分道扬镳。

她去了普通高中，我上了重点高中。虽然相隔两地，但我们还是不断地写信，信里面依旧是不断被充实的那些梦想。我们讨论着我们第一部青春校园剧本里的体育老师，该叫什么名字，讨论着我们的小说故事情节，究竟是该如何转折，甚至讨论我们出门旅游时，应该带哪个牌子的防晒霜，哪个牌子的唇膏。以及对于生活大段大段的抱怨，顺便骂骂成绩好的学生，骂他们高分低能，骂他们傻 ×。

信中，她还提到了张国荣。除了津津乐道他的那部《东邪西毒》，还有自她上高中以来，听过不少他的音乐作品，她一一写下，推荐给我。

那年的初冬，我骑着自行车跑遍整个小城，只买到了他一盘不伦不类的盗版磁带。磁带的封面是曝光过度的张国荣头像，内里的歌曲更是数目众多，年代跨越也挺大，仿佛有一种花了五块钱，买不来吃亏也买不来上当的充实感。其中有一首并不出名的粤语歌曲，出自他1987年发行的《Summer Romance'87》专辑，这首歌的名字叫《够了》。

够了！这歌名一听就来劲！我受够了这样的生活，死气沉沉枯燥无味！什么时候才能结束呢？真是够了。

但是这首歌并没有顺我的意，却仿佛要硬跟我们这种人作对，或者说，这首歌的存在简直就是批判我们的。你听，他在歌里这样唱着：

“阳光光变黑黑变光都见你低头，
埋首的怨天沮丧不堪仿似破风褛。
而归根兼究底知你只不过吃了苦头，
但你目光一再斥俗世欠了你整个地球。
别再刻意地营造万个苦痛面谱，
如没意努力，你可不必期望得到。”

高一上学期期末，我数学和外语都考了50来分，大概占总分的1/3，语文稍微高一点，至少能及格，90分擦点边。我每天都很痛苦，因为生活死气沉沉。唯一的爱好是跟人写信谈理想，我的理想是周游世界写小说，做时尚达人成为漫画家，拥有自己的工作室和博物馆。我新买的磁带里，张国荣的声音反复唱着“如没意努力，你可不必期望得到”。这一切多么讽刺。

我苦笑，这可笑的理想。或许我根本就不是这块料。

刚想放弃，这歌声又响起：

“够了，你别又停步，

够了，眼泪太虚无，

够了，无谓缩起双膊如乞讨。

振作，快用力提步。

振作，快踏上征途。

振作，时日光阴一去难追讨。”

后来，我仿佛长大了。

我不知道是怎么一夜长大的，或许是重点高中十分严谨的氛围，又或许是老师们一两句直击人心的话语，更可能是看到了父母脸上的焦急。也许，是反复听着的这首歌起了一点微小的作用。总之，在高二的某一天里，我忽然发愤图强要好好学习。我不再抱怨，我收起了所有无意义的幻想，上课不再玩文曲星。我翻出高一空白的练习册、参考书和教材，从课本后的习题开始，一道一道地做了下去。

“无家的汉子今晚他将要躺街头，
途中的废纸他会捡起披上当风褛。
而今天的你只不过生吞了半个苦头，
但你大声地叫苦像似世界已走到尽头。”

这个世界上有很多苦痛，有疾病，有饥荒，有战争，有生离死别。和它们相比，高考又能算什么呢？当我的排名从全班 30 名之后变成全年级第 8 的时候，我终于明白了，不断抱怨不得不面对的应试教育，把爱与梦想挂在嘴边是一件多么蠢的事情。

所以当很多年后的今天，我每每在豆瓣看到这样的帖子——“我的梦想是在阳朔开一间小小的书店……”我总是很想给她留言说，姑娘，有梦想就去做，不要总在这里谈梦想！

是的，我也发过这样的帖子，在海子群里，我说明年春天一起去安庆看海子墓吧。这样的帖子点击率和回复率都相当高，这个世界上永远不缺的就是梦想家，总会有很多人和你一起憧憬未来。可怎么去实现你的梦想？其实，很多人都知道怎么去做，其中不乏已经成功的人，他们会告诉你怎么去做。就像去看海子一样，这真的是一件再简单不过的事情，简单到只需要上网查路线和准备行李上路。

但是我终究没有去安庆。尽管我曾花了大量的时间，在小组里讨论过详细的路线，旅伴，甚至商量过是不是要一起去看陈独秀纪念馆，还有好心的网友提议，去一家古香古色的咖啡馆。但是，我终究没有上路。

我相信很多在豆瓣发帖，要开花店开书店要考研要打卡要追求梦想的孩子们，得到的只是毫无意义的高回复率和一整天浪费在豆瓣的时间。而后来，你也并没有实现你的梦想。

而真正有梦想的人，他们是不会把梦想挂在嘴边的。所以，你们看到每一个不可思议的人，优秀的人，他们之所以如此优秀，是因为他们非常热爱梦想，以至于他们根本没有察觉到自己的热爱，他们并没有时间去谈论他的梦想，而是去努力实现它。

也许这就是我们经常说的——天赋。

而一切跟风的，努力地谈论自己的梦想的人，都是可笑的。

够了！我再也不想谈论我的梦想是什么了。

够了！我再也不想告诉你，我是怎么计划我的未来了。

够了！我也不想附和你们的梦想，也不想和你们一起计划未来了。

我看够了关于梦想、励志和爱的帖子！

它们根本是浮躁的鼻祖。真真正正实现梦想的方法，就是努力去做，哪怕很晚开始也好。

可是12岁的我，不懂得这个道理。

如今的我已经走遍了大半个中国，我循序渐进地制订着可行性计划并去实施。我依然有梦想，但已经不是做著名漫画家和开博物馆，这种缥缈不切实际的想法了。我也不会用大段的时间去谈论它，只是把它放在内心深处。

我所能做的，就是踏踏实实地去实现它。

似是故人来

同是过路、同做过梦、本应是一对，
人在少年梦中不觉、醒后要归去。

一种相思

_冷 睿

很多年以前的校园里，用低声哼唱给自己壮胆的我，轻轻走到自己班级的教室前停步的那个瞬间，努力往里面偷看着，脸已经红得非常可疑。

临近期末考试的江南已经挺冷了，没有供暖设备的教室里冻手冻脚。淡淡的午后阳光洒进窗内来，大家喜欢在图书馆复习，教室里总共没几个人。但临窗课桌坐着的那个他，脸颊、发梢、肩颈、衣裳，似乎都被阳光染得微微闪亮，但这对提升室内温度却没有任何的帮助。

是的，这是一场暗恋。偷偷喜欢自己同班同学，总偷偷看他，是很正常的嘛……那时候僵立在门外等他出来的我，努力这样想。

很多年以后，当晨练时，耳机里回旋着那天午后冷冷阳光中，低声哼的旋律：

“同是过路、同做过梦、
本应是一对，
人在少年梦中不觉、
醒后要归去。”

想起这段年轻的暗恋，总有些宿命的忧伤，和一些些欢喜。

是的，欢喜。

因为一去不回的美好的少年时光，并没有浪费。

那个午后，我的勇气很起作用，居然顺利避开了另外几位同学，等到了他一个人走出教室门，还磕磕绊绊地跟他说清楚了，为什么会在这里等。

他听懂后脸瞬间变得血红，低声答："那我们试试吧？"

于是，我们开始尝试：相约在学校外荒凉的河滩草地徜徉，对着一江流水傻笑；或遮遮掩掩，借竹林的遮挡溜到校园莲花池旁，假装看花，又看得不太专心；短短二十天的寒假也忙着彼此写信，细细描绘身边琐事。再次开学，我们已经找到最喜欢在一起的方式，是带一个学英语的砖头单卡带录播机，坐在校园操场听歌，就像我们真的懂，什么缘分才称得上是"同是过路、同做过梦、本应是一对……"

那时候我们太年轻，还不太懂悲伤，却喜欢欣赏忧伤的歌。我们还没有学会所谓感情到头来总要背负欢喜伤悲老病生死，只以为高高兴兴就够了。

本来以为面临的第一关会是毕业找工作，但在毕业考试之前，他匆匆约我，依旧微微涨红的脸，低声说："我们还是算了吧。"扭头不看呆了的我，他又低声补充："你太优秀了，我总觉得没办法找到感觉……谢谢你。"

很多年以后我才知道，这种猝然发懵的感觉，叫作“被发好人卡”！

我跑回宿舍，随手抓起常常一起听的磁带，不敢去想里面有我们都喜欢的梅艳芳那首歌《似是故人来》，随手扯出里面的磁芯，眼睁睁地看它变成乱糟糟一大团。

毕业后不久，我放弃家乡安逸的职位，一个人到了北京。

忙碌的生活节奏，挣扎着适应新的工作内容、新的行业，彻底忘记当初的受打击多辛酸，甚至彻底忘记了某个午后某个人和那些我们一起听过的歌。

偶然的机会，被某女性刊物的编辑邀请写生活中的故事，要求是比知音体高级一些，但大致还是那种跌宕起伏的真实感，需要细节丰富、事件可信，如果能来点伤感做调料，或者催泪，就更好了。

神使鬼差的，我面对电脑开始打字，写下的居然是当初校园里发生的那一切。写完后不太敢直接寄出去，因为心虚——不是一个人的故事，我凭什么拿来换稿费呢？想来想去，翻出当初毕业的同学录，找到他的地址，打印了一份文稿寄过去，又附手写便签一张“姓名地名都已隐去，如果你觉得可以这样公开发表，请回复告知。”

信寄出之后，深深觉得自己蠢——主动追一个男生，好像恋爱了两个月又被发好人卡这种事，絮絮叨叨又打成字以便给当事人看，算什么？

忐忑不多久，就收到厚厚的一封信。

颤抖着打开一看，是曾刻印在心头的熟悉笔迹，略微潦草的行文中，透出激动甚至焦虑，热情或者说有些狂乱地倾诉着思念，和滔滔江水般的后悔。是的，他说他后悔了，不应该跟我说分开，但当时他承受不起一段感情，觉得压力好大。

默默叠上信，我自问：你真的优秀到你喜欢的人受不了，还是当年太幼稚，只顾炫耀不懂包容，活生生吓走了一段初恋？

奇迹的是，知道了他的痛悔与眷恋，我心里的忧伤沉痛……都秒消失了。

微笑着唱一句：

“一种相思、两段苦恋，
半生说没完；
在年月深渊、望明月远远，
想象你忧怨。”

心平气和。

真对不起梅艳芳回肠荡气的悲剧感啊，我欢乐地想，发觉他其实比我忧怨，我还有啥好难过的？

一晃眼，好些年过去。

因为一些私事，我需要回家乡小县城，路过当初我们读书的城市。正好跟三两老同学碰头吃个饭，我约的同学说会找到车来机场接人的，但没想到负责开车来的人，居然是他。

当着大家的面，我们客气地点头微笑，随意说着现状，彼此问候伴侣孩子，就像其他同学一样——本来嘛，大学恋爱都是半公开的，长在对方宿舍里玩连体婴的也不是没有，像我们这样偷偷摸摸玩地下恋情的本就罕见，多半没人猜得出。都过去了，又何必让同学们多一个饭桌上玩笑的素材呢?

但是他看着我的眼神，让我特别想躲开。

不知道为什么。

饭后有人提议去唱歌，指着他说“情歌小王子都在，今天不唱歌好可惜”，被同学一致称作K歌高手的他却拼命反对，找出一堆理由，包括扁桃腺发炎有点痛、今天不能唱。

嘻嘻哈哈的喧闹中，一下没忍住心底的感慨，我好似不经意地走在他身边，小小声问：“还记得那首歌吗？”

他眼底似乎有什么在隐约漾着，语调很自然地轻声回答：“那时候听不懂粤语歌词，只觉得很好听。后来去找了才知道，名字叫《似是故人来》，是吧？”

我突然好像被噎了一下。

哦，当年我负责天天拿磁带去放，竟然没告诉他歌名?

琢磨半天，我小声答非所问：“也不知道你们唱不唱粤语歌，下次一起玩才知道。哈哈……我老公最好笑了，一点不听粤语歌的，偏要学人家唱海阔天空。”

他只笑笑，也南辕北辙：“下次路过都打个招呼啊，我来送你回家。”

今年初夏，微信上看见他问：“到北京出差，可有时间一晤？”

见到这行字的瞬间，我脑海里想起的，是某个午后看起来灿烂，其实皮肤觉得有点冷冷的阳光，混合着刻入骨髓的梅艳芳沧桑的歌声，当然还搭配出奇狗血的歌词：

“俗尘渺渺、天意茫茫，
将你共我分开；
断肠字点点、风雨声连连，
似是故人来……”

噗，北京哪来的风雨声连连？煽情不要太过头。

吐槽着自己的搞笑脑洞，总是不切实际的我征求过老公的意见之后，很快就欢乐地打字回复：“求能拨冗时提前说一声，给我个机会，能请你吡个饭唷。”

还搭配一个大大的笑脸。

我们约在南锣鼓巷地铁站，远远看见在等待的他，还是老样子，个子其实不高却显得修长，让惯例“老了胖了”的寒暄，就少了好多话头。

并肩在人群汹涌的老树老房子中间闲逛，我们随意走着，不着边际地闲聊着工作、家庭、老同学……突然心境变得月朗风清，跟他说什么都不需要反复斟酌，也没啥好避忌的，觉得很随意很轻松。

不知不觉已经徒步走到了后海边，随意看着那些忙着自拍的游客，他微笑说不累不累，这里风挺凉快。

犹豫了片刻，又笑吟吟地问我：“能拍个合影吗？”

我哈哈笑：“这个必须可以有啊！……发到同学群里去，让他们羡慕忌妒恨！”

我们并肩走了很久很久，一路拍照或自拍，指点北京的老房子，或随意说说现状。

我们从南锣鼓巷开始步行，讨论占据四合院房顶的咖啡店，溜溜达达路过喧闹的银锭桥，路过幽静的柳荫街，路过恭王府花园的某个侧面，路过辅仁大学，好像还路过了梅兰芳故居……走到他住的报国寺。

然后，在华灯初上的夜，用挥手拦出租车，来当成道别的手势。

现代人都很聪明，擅长自我保护。就算曾经投入过执子之手的心境，到头来，也大抵会选择这种行为才算正确吧?

本来啊，我们都是这么理智这么礼貌的人，都有家有业了，谁还心心念念去惦记“一种相思两段苦恋”的狗血和滑稽，更不会在大庭广众，上演老套的“似是故人来”，玩什么肝肠寸断。

虽然，我们都记得当初一遍一遍反复听的旋律中。

前路里的那些旧梦……再狗血的歌里，不也会唱：

“三餐一宿也共一双、到底会是谁？
但凡未得到、但凡是过去，
总是最登对。”

可这么冷静这么睿智面对现实的我，为什么还要找出WAV文件，一遍遍听这么过时的老歌呢？

怀念你，像怀念一种可能性

_凉夜

这么多年过去了，每次在心里想起你的名字，都怕被人发现。

那天我跟友人谈起往事，在北京初夏的夜，我们立在街头，风纠缠着我的头发。我提起你，脸突然红了。那些微弱的瞬间让我突然回到十年前的少女时代。

在2016年的夏天，我站在北京的街头怀念你，像怀念一种可能性。

在很小的时候，我似乎就明白喜欢一个人是什么感觉。

那时我常常坐在家中二楼的卧室写作业，我的书桌正对着临街的窗子。窗外，一株水杉姗姗爬起来，逐渐看得见笔直的树尖。彼时我似乎就已经情窦初开，虽然我的表面无比安静，是出了名的乖乖女。夜幕四合的时候，吃过晚饭，嬉闹一阵，洗漱睡觉。

那时窗外已黝黑大片，那几年的路灯还尚在，夜色里偶尔伴着几声车辆疾驰而过的杂杂声。我偶尔会神经质地想，如果此时有人顺着那枝干爬到我的窗前，千里迢迢揣着他的真诚，我一定抛下桌上的小说、抽屉里的梦想、小猪存钱罐、精致小花的桌布，前面是刀山抑或火海我都跟着去了。

那时我们同桌。一切自然又快乐，符合一个优秀少年成长的基调。

你上课似乎一直不安分，英语课忙着自己的创作，几何课不是转着三角尺就是画漫画，可成绩始终名列前茅。你常语出惊人，有三五哥们，大约都是教室后排的调皮男生，在人群里显得孤单又骄傲；你常笑话我乖得过分，总是惹我生气落泪，事后再道歉弥补，周而复始；你说我们一起合作来写篇校园纪实吧，我答应了，但迟迟没有动笔。你却在月考中匆匆做完试题拿剩余的时间写作，洋洋洒洒，写很多细微小事、我不曾发现的细节。

毕业后的许多年，你告诉我你也怀念那些岁月，校园的广播站放着《同桌的你》，我们在教室里安静地写着作业。日子像晃动的钟摆，紧张，充满秩序，有一种奇怪的美感。

是从什么时候开始喜欢你的？

鬼知道呢。大概是那天放学后你教会了我一道几何题，离开教室的时候，窗外正好有一大片夕阳，流光溢彩地映在你身上，照出你好看的影子，你嘴唇上细细的绒毛。你回过头对我一笑，露出整洁的牙齿："小笨蛋，下次不会的时候，再找我吧。"风吹起你的衣角，你转身离开。

紫霞是在什么时候爱上至尊宝的？那天的夕阳是不是也很美？流动的，柔美的，悄无声息地洒在每个人身上，万物有诗意。所有飞扬的故事，最好都发生在一个美好的傍晚，当你成年、老去，历经苦乐，才会发现那一日的特别，以及不复再来。于是那一天便成了你生命中的一个仪式，像神选中了你。

那天，我大概被神选中。从此便默默关注你的一举一动，你笑着、闹着、调皮着、严肃着，许多的状态形成一个丰富的你。每天你都经过我的面前，我的心紧张得都要跳出来大喊。你走上前来，同我讲话。我多想伸手触碰这温柔的凉夜。

听人说，你也在默默喜欢我？毕竟少年时期的情感太微妙，表达方式又古怪，你的几个好哥们每次碰到我总是叫着你的名字，或者在你面前喊我的名字。

多少次啊，我知道，只要我迎上前，就能发现真相。这真相就离我不足两米的距离，我在这真相的门前徘徊、惆怅、叹息，又转身离开。

我很怂，不能确认这件事的真实性，更无力承担后果。我们太年轻了，考试、升学、老师、家长，任何一个因素都可以把我们击倒。

于是，我退到一个安全的地方，默默看着你，这样就挺好。真的。

是否女孩们一旦开始思考爱情，就容易变得多愁善感？大概那个时候我开始听王菲的歌，常是林夕写的词，她在《给自己的情书》中唱：

“用自言自语，作我的天书，
自己都不爱，怎么相爱，
怎么可给爱人好处。
这千斤重情书，
在夜阑尽处，如门前大树，
没有他倚靠，归家也不必撇雨。”

听着听着，眼泪掉下来，掉在我写给自己的日记上，掉在写给你的信里。虽然那些信从来没有寄出去过。

我想，再等一等吧，等到瓜熟蒂落、谷满粮仓，等到我们有足够的力量和勇气去面对这一切，我将迎来崭新的人生。

后来，我们终于读了大学，生活在不同的城市，可以拥有自由交友的权利。大一刚开始军训，所有的夜晚我都在给你写信，反复修改，反复斟酌，几年了，我终于要真正寄出第一封信。天哪，围观的群众都替我着急。

可是当我满心欢喜跑着迎向你时，你的身边已经有了别的答案。你说错过了，太可惜，好时光一去不复返。我只好哭着跟你说再见。

怎样从这泥淖中爬起来？

那就拼命听歌吧。林夕是适合失意之人的，没有比林夕更适合做一个深夜的陪伴者。很多人说，自己的恋爱观是林夕给的。我想我也是吧。为什么会有那么多眼泪？不过一些小儿女情长。他像一个好脾气的睿智老友，在乎你的情绪，宽容你的幼稚，坐在身边跟你絮絮叨叨，直到把你从暗处打捞起来。多少个日日夜夜，我从他的词里陆续读出了一些人生的密码：接受，释然，改变。

他写道：“自己都不爱，怎么相爱？”

学会爱护自己，才能正确地、不卑不亢地爱一个人；爱情来，自然怀着欣喜地去迎接；爱情走，也没有必要痛哭流涕地十里相送。

夜深人静，暴雨如注，没有可以避雨的大树，你也可以归家去。

只有你自己，才最值得你去爱护。

每当回忆往事，那些尖锐的、刺痛的感觉已经不在了，只是变成一道疤，硬成一个痂。可见时间真是个好东西啊。

于是恍恍惚惚过完大学的第一年，我在那些跟自己难以和解的日子，花了很长时间去独处，去读书、写作、听音乐，一个人在小城采访的路上左突右击，在8月的校园里迎着皓月走出图书馆。月光温柔，桂花甜美，那些微弱的瞬间击中了我，像发现一个崭新的自己，又嘹亮又孤独。多好啊，我喜欢着一个男孩。这是一件重要的事，也只是我的事。那些漫长的孤单夜晚，像一粒粒无花果干，干瘪，香甜，充满自身。那些年写给自己的信，终于让我成了另一个自己。

没有结果，也是一种结果。做什么都好，别只为得到赞赏。

这是一场旷日持久的暗恋，在这七年里，我独自完成了一个人对另一个人的想象。他在我的脑海里与过去懵懂的岁月糅在一起，形成了簇新的形象，神秘、熨帖、明亮。那种感觉就像一个少年离开家乡，走向自己的命运一样，带着哀伤的暖色调，TA们成就了另一个我。在另一个看不见的时空，为我祝福，教我坚强，以及更好地走向远方。他默默存在于我生活中的一些细小的、看不见的环节里，督促我成为一个更好的人。

谢谢那些年，谢谢不存在的爱人，还有林夕。

讲不出再见

_Mitty Xu

"是对是错也好，不必说了，
是痛是爱也好，不须挽留，
……"

记得第一次听见这首歌，是在某个夜晚，电台在播放，当时我还不知道歌名是什么，只是觉得很好听，对于一个北方人来说，粤语真的很难懂。后来，听主播介绍，这是谭校长的歌，名字就是《讲不出再见》，清楚地记得当谭校长唱着那句“你我伤心到讲不出再见”，眼泪就开始抑制不住了，记不得自己有多久没哭过了，那夜，所有的往事浮现，眼泪和这首歌，循环播放了无数遍。

记忆回到 2010 年，那时候，大学还没有毕业的我，学校安排实习，在秦皇岛的一家四星级酒店，因为不习惯酒店的工作，就跟着同学一起去了福建福清市，自己找了实习的单位。那时候，怀着初生牛犊不怕虎的心态，可能因为自己英语还蛮好，就顺利地进入了当时福清最大的外企工作，翻译一些资料，做一些文职的工作。

刚去那里的时候，和同学都不在一个部门，所以很多事情，只能靠自己。那时候是各种不习惯。一个河南人，来到南方，吃的住的，完全都跟家乡不一样。公司好多都是福清本地人，他们沟通聊天都讲闽南话，完全听不懂，所以也插不进去话，自然也就没有什么朋友。

也是在那个时候，我认识了他，青春岁月里很重要的路人。

他比我大 11 岁，那时候，他已经工作了好多年，已经是另外一个小组的主管了。记得第一次见到他，印象就是一个普通的人，长得也一般，也不是很高，而我是一个那么骄傲的人，所以也没有正眼瞧他一眼。后来，因为没有朋友，就总是和几个同事一起吃饭，和他们慢慢地熟了，就被邀请去他们住的地方玩，在那里，再次见到了他，然后经过朋友的介绍，才算认识了他。

从那以后，我就经常和他们这群人一起玩了，去他们那里吃饭，一起出去玩。渐渐地大家更熟悉了，能一起开玩笑，一起分享很多的喜与悲。那时候，我知道，他是四川的，工作了将近 10 年。

因为他也知道我是在那里实习的，离家很远，所以他也就特别照顾我，对我很好。后来因为住房，在他们的帮助下，我也在他们住的附近，找了房子，搬了进去。于是，每天早晨上班，他会叫我一起去坐车，然后一起去餐厅吃饭；每天中午，他会叫我一起去吃饭；每天晚上，我们一起回家。晚上还会去他那里玩，看电视。

就这样，每天在一起，我们就真的走到一起了。记忆中他都没跟我表白，只是有一天晚上，我们走在路上散步，他突然牵住了我的手，而我也没有拒绝，就这样，我们在一起了。他是一个非常细心的人，每天提醒我什么时候吃饭，什么时候喝水，虽然都在一个办公室，但他还是会不停地给我发短信。就这样，我很快就毕业了。

正式毕业之后，我没有再去那里工作，而是去了苏州，做了我所一直向往的国际贸易的工作。因为这个，我们之间的距离更远了，苏州到福清，要坐那么久的车。那时候，很多人说，我们之间的爱情不会持续很久，因为距离太远了。起初，我也这样认为，但是后来，让所有人都大跌眼镜，因为我们异地恋一下持续了 5 年。

开始的第一年，我们也会吵，也会闹，有时候会好久不说话，但是最后还是和好了。他会每天早上打电话，叫我起床，吃早餐，去上班。工作时间，他只要有时间，就会跟我打电话，发短信，告诉我要喝水。晚上下班回去，我们会视频，聊天。那时候相处得还蛮好。

有时候，他一天会打十多个电话，连我自己都烦了，都不想接了，他还依然很高兴地打电话，就算我发脾气，不让他一直打电话，他也不听，还是会继续。后来我问过他，为什么要一直打电话，很烦人，整个办公室一直都是我的电话在不停地响。他说：因为他要告诉所有人，我是有男朋友的人，虽然不在身边，但是也会用他的方式一直陪伴我。

那时候，每次放假，我都会去找他，他去车站接我。然后带我去吃好吃的，有时候也会回去给我做饭吃。每次去了，他都会一直拉着我的手，一下都舍不得分开，我们一起去逛超市，买好多好多吃的，甚至有时候买了，会给我带回去吃。

闲着没事的时候，他就会背着我或者抱着我，在房间里不停地走，不停地说，给我讲很多事情，我们的未来啊，我们的明天，甚至，都讨论了结婚之后的生活。他说：以后我们会有一个房子，然后每天生活在一起，一起上班，一起回家，买菜做饭，平凡的生活。还有我们会有一个孩子，女儿更好，给她什么样的教育，什么样的生活。双方的家长怎么安排，以后过年去谁家等这些问题，他都已经开始思考了。

“这段情，越是浪漫越美妙，
离别最是吃不消。
我最不忍看你，背向我转面，
要走一刻请不必诸多眷恋
……”

然而假期总是短暂的，每次回去，都是不舍，回去之后，就是新的工作生活。有时候看到好多的人，身边有人陪着，感觉真好。我们也会闹矛盾，有情绪，毕竟那么远的距离。记忆中最长的一次，我们4个月没有说话，没有联系，也没有说分手，就是互相不联系。那时候，我都觉得我们真的都没有希望了。后来，他打电话给我，他哭了，说他想我了。电话中，他哭得很伤心，一边哭一边说，那是我第一次听到一个男生这样哭着，感觉这一辈子，就是他了，我要和他结婚，和他过一生。他说：等我，总有一天，我一定会去接你，然后再也不让你走。

就这样，我等着，等他来接我，憧憬着我们结婚的时候会是什么样的，想象着以后的生活。曾经我的梦想是，在26岁这一年，我会结婚，有自己的工作和家庭，喜欢的人，相互依偎着，过完这一生。

感情中，没有永远都是完美的，总会磕磕碰碰。其实以前的每次吵架，闹别扭，都是有理由的，什么事情都不会无缘无故地发生。而我们直接最大的问题，就是距离和家庭。一直以来，因为各种原因，他不愿意来，我也不愿意去。没有人愿意放弃自己的工作和圈子，去到另一个陌生的地方重新开始新的生活。

这一点，我们都有错。

其实，就是两家的事情，他是一个很暖的人，所有的事情都要以他家人为主，只要他妈妈的要求，都是全部满足。很多时候，我会受不了，我也会反抗，然后就会有矛盾。我不喜欢他总是按照他母亲的喜好来要求我，让我做什么不做什么，都是因为他母亲喜欢会做这些事情的姑娘。曾经我们很多次讨论过这个问题，之后总是没有什么结果，问题也一直解决不了。

每个人都是自己爹妈疼爱的宝贝，谁愿意去做自己不喜欢的事情呢。

就这样，日积月累，所有的问题越拖越严重，到最后一发不可收拾。

我们之间最大的错误，或许就是自欺欺人，遇到问题总是逃避，从来不会解决问题，这一切，或许只是因为他舍不得放开我，我也没有勇气离开他。

后来，我等了5年，26岁的生日，很快就到了，我们之间，依然没有结果。

26岁生日的前两天，我们分手啦。没有原因，没有挽留，也没有再见。

只有一句话："我们分开吧。"

从此再无联系，各自天涯。

"浮沉浪似人潮，那会没有思念，

你我伤心到，讲不出再见。

……"

歌声结束，把所有记忆都埋藏在心底最深处，彼此安好，就是晴天。

多少离别，只得一首《不如不见》

_林 桉

“不懂，怎去再聊天，
像我在往日还未抽烟。
不知你怎么变迁，
似等了一百年，忽已明白，
即使再见面，成熟地表演，
不如不见。”

——《不如不见》

每个人的青春里，都有一首陈奕迅，这是真的。每个人的过往里，都有着或痛或痒的疮痍，期待一个人那种烂熟的红，是种得不到，熬过了人山人海，流转了玫瑰睡房，跃迁出对方的星球，各自变迁后，又各自安好，不如不见。

初听陈奕迅，是在初中，是个偶然，若干年后，再听陈奕迅，变成一种习惯，一种一路走走听听的习惯，现在，听陈奕迅，变得释然。渐渐学着对于明天，对于邂逅，不再苛求，反而享受一路的峰回路转，走过从陌生到熟悉的街头，向每一块瓷砖问候。其实二十几岁的我们，还没翻过小山丘,就开始装成熟的中年人,好像历经了很多的情感沧桑。其实不过想,跟那时候深爱的人儿说一句,好久不见,然后,不再沾染,不再表演,不如不见。

十几岁的我们听陈奕迅,唱着那首《十年》,是笑着唱的,那时候,还不懂得“成千上万个门口,总要有一个人先走”是什么样的无奈跟无助,后来我们渐渐懂得,也越来越抓不住那些年的深爱的樽盖,不揭开的也好,揭开过的也罢,相视一瞥,不如怀念。

喜欢陈奕迅,有一个很重要的原因,是粤语的口吻,与国文是不同的言语风格,却呼吸着同一般的情韵。《不如不见》恰恰就是这样一首歌,它像在描写《好久不见》的结局,一问一答。

有人说,这一生一定要看一场陈奕迅的演唱会,因为他唱过的歌里,有你的泪,你的笑,你走过的街,你那陈旧的爱人,你那尘封不回的意乱情迷,真实的刺痛,有血有肉的音符,才有了这样缠绵悱恻的故事。

后来,我也去听了一场陈奕迅的演唱会,本来约好的两个人,却只剩自己。那几年的爱恨离愁,开始满上我的樽口,天空下起细雨,再不见你,我们从《不如不见》相识,也从不如不见,珍别,然后埋葬了那些年苦苦追寻的自己,棺椁合十,送自己那颗陈旧的心入土为安,尚飨,余生都不再找寻。

那些遇爱相蚀的旧物,缺氧之后,痴呆着在生存的缝隙之间,彷徨着，祈祷着，颤抖着，擦肩而过成千上万个门口，再到陌生，人生喜乐哀苦，都如吊灯倾泻下来，再见的永不见，对于我们相约的明天，已没有要求。

遇见陈奕迅，是每一双耳朵的命中万幸。

以前我总认为喜欢上某首歌是一种巧合，后来我发现喜欢上一首歌，像喜欢过一个人一样，是恋恋往事决绝的输，我是你书里的剧情，再无法上演。心情容易与同样心绪的歌曲共振，把你带入那些年的难以放弃。你觉得歌曲里讲的是你自己，当你了解他的所有曲目时，却惊奇地发现，他几乎就是在写你，他的声音里几乎就是你的全世界，你借着他的歌声到达自己，那些曲曲折折的梦里。

不如不见，有时候说的是一种嫉恨得到，失去后的那些落脚，就像自己一度珍若生命的旧的物件儿，被另一个得到的那种嫉恨。

我在南国的一家下着细雨的书店里，继续写，身旁是一对刚刚开始交往的小情侣。我开了电脑，戴上耳机，假装听音乐，其实在听他们的故事。男生开始讲起来，失恋的种种，大二的那年，他跟初恋在一起了，一直到大学毕业之前，他们都如胶似漆，后来，对方要求得多了，加之男孩南下工作，女孩留在北方，就这样渐渐分开了。

分开后的半年，他们还一直联系，那时候并不痛苦，痛苦的是，在初恋女友，有了另一半以后，才开始了撕裂的心痛，他知道，一段旅程被彻底终结了，于是他开始把自己关在房间里不出门，出门便是酗酒。人其实是一种不到黄河不死心的纠结动物，当断不断反受其乱的道理我们都懂，可就是到了自己身上难以控制。有些人甚至沉浸在失去的痛楚当中，甚至享受这种状态带来的哀痛感，大概与相爱的时候一样，有痛痒的深度，有越来越深的浪漫煎熬。

后来，男生经朋友介绍，认识了现在的女友，他们一同在南国留下，重新开启了新的旅程，男生的状态才渐渐好起来。其实，青春的宴餐，都归一杯茶，再多挨近苦涩的话，也无法种绝处的花。不要牵挂，喝了这杯茶，就忘了吧。

喜欢陈奕迅的原因还有很多，于我而言，因为他的存在，就是我们那么多年的合照，是一种戒不掉的癖好。爱到睡不着，陈奕迅就是这样的一个存在，他的每一首歌有着如泣如诉，或高或低的曲调，分明是你自己的彻夜难眠，于心未了，想要为一个人，继续燃烧。看他在舞台上的癫狂，听他歌曲里的热望，你会拥抱那最温暖的一面，当然也会有热泪。我们每一个人，都会有一段经历，可以用陈奕迅的歌曲来代替，从前奏开始，就注定了一首歌的基调和一段感情的悲情性结尾。

我们在离开后，会给年轻时的情感一个少不更事的标签。暗示自己，那时的我们，还没对爱情烦恼，还不懂得许多谶言。当时的我们，整天埋在书堆里打情骂俏。当时的天空还没对白云起疑，当时的心是完全打开的，当时的胸膛里开满了鲜艳的玫瑰，当时你我之间还没有那么多人来人往。

我已忘记了认识馄饨多少年了，我们都是那种选择了“不如不见”的人，在馄饨现任女友之前，有过一个女友，一个异国恋六年的女友。那时的情感，极其单纯，可年轻的生命有很多变数。后来女孩在澳大利亚留下，男孩则在国内继续深造，境遇的差异，选择的不同，让两人越走越远，他们分手了。馄饨切断了所有联系，走得彻彻底底。

决绝，是我们在一段感情失去后能做的，最好的处理方式。如果不是因为冲动而分离，也不会因为怀念而重新在一起。我们只能接着疗伤，借着歌里的段落，借着沉郁的口吻。按下播放键，在孤单的小世界里，保护自己，当时觉得很漫长的光阴，现在溜走，崩塌如水。不如不见，覆水已然难收，走过了路口，都不能做彼此的老友，你我都会遇上下一个某某，管不了以后路上，是否会有更美的邂逅，都不再怀旧。

从前的日子慢，一生只够爱一个人。这是一种对情感的美丽幻想，或者说概率极低。后来的生活好像被按了快进键，我们不断地跑回那个位置，望着余温残存的地点发呆，然后成了那种每首歌都可以唱自己故事的人。

有人说林夕把“得不到”三个字换了几千种说法。我以为陈奕迅则是用同一种口气把“得不到”唱进了失意男女的心里，听的人各种各样，都是来找虐来了，又是狼狈又是痛苦，又是释怀又是畅快。陈奕迅是华语乐坛的一场饕餮，他与林夕是绝佳搭档，林夕把他的满心情愫，淬炼成一首首深情的诗，给了陈奕迅。

他诉说了人世多少用心良苦，唱出了多少人想要却要不到的幸福。灯火阑珊，醉生梦死，熬成一个人的拥挤的花房，滥情何苦。每首歌词里，都有种隐层的自卑，这是“得不到”的一种保守心态，害怕忧郁的人格让你迟疑，怕自己只能从你的全世界路过。很多人都等不到海枯石烂。所以只能安慰自己，世上有些手注定是属于别人的，也许是出场的次序，也许是感觉致幻，但归根结底是，自己不放过自己，要开始往前走的时候，不如不见。

林夕说：“其实，你喜欢一个人，就像喜欢富士山。你可以看到它，但是不能搬走它。你有什么方法可以移动一座富士山，回答是，你自己走过去。爱情也如此，逛过就已经足够。”

陈奕迅的情歌的“疗伤”作用，取决于它更多地先把伤口撕裂，再重新缝合，过程中坚持不打麻药。装作笑靥如初，谁也不知道深夜痛哭过几条河。听了几万次“得不到”，你自然也能学会了放下，或者说，除了放下，已再无计可施，无爱可寻。

歌声，有时是一种沉淀，万爱俱寂。粤语歌更是如此，惊异着，过后不再回首。无法无心再同当年促膝把酒过，跃迁出对方的宇宙，千种借口，推着你我游走，各自散了，十方勿念，埋进怀念。

徘徊过多少旅馆，流连了多少睡房，熬过多久患难，又交错了多少信仰，才学会交换怀抱里的余温。原谅一篇篇业障，去开放几多玫瑰色的土壤，然后握起一抔，拼命攥紧，却又流逝于指缝。你我的聚散，正若离合之沙，永不停站，不如不见。

爱情是什么呢，爱情有时候是一世青丝爇尽，勒着自己到呼吸困难，到如鲠在喉，却不知是爱情伤害了你，还是你破碎了对爱情的美好向往。割舍感，是纠缠的症结所在，真正的幸福，应该是干脆的，好聚好散的。

爱情应该有的模样，是那一段段我们回味起来仍可回响的岁月，是那些年里拥有奋不顾身勇气的自己，是那首《不如不见》，而不再是，那个人。

人间错过又岂止鬼神

_久 未

“人生路，美梦似路长，

路里风霜，风霜扑面干。

红尘里，美梦有几多方向，

找痴痴梦幻中心爱，路随人茫茫。”

——张国荣《倩女幽魂》

第一次看《倩女幽魂》，是在我五六岁的时候，那时候网络还没现在这么发达，那时候还在DVD前守着那现在看来有些模糊的电影画质，那时候还不懂得电影里所演出的生死疲劳。当时年纪小，还会被电影里的恐怖场景吓坏，一度不敢在晚上走进漆黑无人的巷子。长大以后，又看过十几次的《倩女幽魂》，听过很多次这首主题曲，在不同年龄段看，有不同的感受。每次看到燕赤霞剑气潇洒，喊着“天地无极，乾坤借法”，仿佛都会被带回到那段故事当中，世间断肠事，啸成剑气。

《倩女幽魂》翻拍自1960年邵氏出品的同名影片，由徐克监制、程小东导演，张国荣、王祖贤、午马等主演。故事取材于《聊斋志异》

里的《小倩》一篇，后来我在高中时代读过蒲松龄的文言文版本，古人表达情感的用词，比现代人更为刻骨，更为贴切。而影像则赋予了文字直抵人心的触手，说着爱恨生死的故事，在此之中，人鬼绝恋又恰恰最是凄美，这话不假。

电影借着所谓的鬼神故事，好好地把现实讽刺了一把。电影讲述了书生宁采臣与聂小倩相爱，却发现小倩是树精姥姥所操纵的女鬼，之后剑客燕赤霞义助宁采臣对付姥姥，并促成他们这对人鬼相恋的故事。结局到小倩转世就戛然而止，其实可想而知，又是无疾而终，作者也说不出结局，又不愿把现实剖开给期待圆满的观众看，所以只有留白。电影里有首诗这样写道：

“十里平湖霜满天，
寸寸青丝愁华年。
对月形单望相护，
只羡鸳鸯不羡仙。”

其实，羡慕，恰恰是因为得不到，因为美好的情感没有完满结局。

张国荣在影片中扮演的痴情书生宁采臣已然成为银幕经典，电影中的“书生热”延续至今。哥哥塑造了一位几近完美的书生宁采臣：他单纯、无辜、善良、痴情。他诞生于鬼怪丛生的乱世，却对小倩一往情深，并因此成就了一段令凡俗世人望尘莫及的真挚恋情。

中国人的传统里，是很忌讳谈及生死的，都觉得是一种恐惧，而《倩女幽魂》这首歌里把“人鬼情未了”用琴箫表达出来，韵味神游迷离。我们经常意味深长地谈论生死，在有些人看来，就像眼睛的睁闭一样可观，你来的时候，歇斯底里地哭着，周遭为了迎接新生，笑着；你走的时候，静默地不留痕迹，而好友亲朋呼天抢地地悲泣。后来见到的离别多了，才知道，断绝，有着许多的方式。

也许是看到了太不完满的结局，所以在《倩女幽魂》第二部里，宁采臣终于跟长相酷似小倩的傅清风在一起了。两个故事的结尾，都以纵马流浪的方式结束，给观客留下很多想象，同时，也留了很多无奈。现实里，人鬼不能相恋，大臣的女儿也永远难与穷书生在一起，所以只能寄情于鬼神，所以纵马出现的时候，主人公也并不知道该去向何方。现实生活中，绝大多数人也一样不知道该如何抉择，即使经过了婚姻洗礼的夫妻，也一样说不清道不明。

门当户对，有两层含义，一者说的是物质，另一者说的是有共同语言。二饼从小跟我长大，去年结婚了，据说女方知书识礼，是个很好的结婚对象，我并未见过，因为学业，就没赶上他的婚礼。

大约十年之前，二饼 15 岁多一点，青春痘开始爬上二饼原本白净的脸。用过药，稍稍止住了脸皮上的悸动，可深层次的悸动却依然不减，反而日甚一日，二饼早恋了。那时的雪花还经常落在北方寒冷刺脚的土地上，走上去的时候，会发出吱吱呀呀的响声，每一声都是双响，留下两行浅浅的脚印，边走，二饼边握着她冰凉的手，不时地相望，不时地致意微笑。

女孩一头乌黑长发，喜欢扎马尾，皮肤算白，嘴唇丹红，瞳如墨铃，但家庭跟二饼家相去甚远。二饼的妈教过很多学生，其中不免有些学生之间是沾亲带故的，二饼的她便是其中之一。其中有些关于她不好的传言，铸成了二饼的妈对她的不良印象。对于这段恋情，二饼家里人是本着斩草除根的决心，后来家里人终于如愿以偿，将二饼的这段早恋扼杀在摇篮里。在上一辈人的观念里，避讳谈及青少年时期的情感，“合适”比相爱要重要千万倍。

再后来，二饼考上了重点高中，女孩去了职业学校，而后他们的人生轨迹越走越远，再也没有回去的能力。但其实我知道二饼高中那几年是去找过她的，我曾经看到二饼珍藏的相册，里面每张照片都是关于她，我不知道那样东西现在是否还在，但总之，她已不在二饼的世界。

这世上，有些情感，都是路过。

每每言及此事，我都不知道如何评价，年龄大一点了，也走过了那个年纪，我觉得二饼的家里人在某种程度上说，做的是对的，可换个角度，却残忍地亲手扼死了那样一段纯真的情感。直至后来，我想，中国人是很怕“后果”这两个字的，以至于不敢去尝试。老一辈总喜欢拿经验去说事儿，可是世上本来有些事就不能用对错去界定，只是它原本就该如此，却偏偏被贴上异端的标签，走上了自缢的窘途。

跟二饼通电话，二饼说，这么多年，最后在一起的始终不是最初的那一个。电影里也是一样，宁采臣跟小倩，十方跟小卓，注定相遇，又注定走散。所以歌词里唱到，红尘里的美梦，一向没有方向，梦幻中很难过的那些真爱，都随人海茫茫，隔着山山水水。

都说人生如戏，电影里的潜台词，其实与哥哥的一生极为相似。寻常百姓，也是这样，人生无常，不能估计和操纵。

张国荣的一生，一半摇荡在寂寞的奋斗和名声的苦涩中，且一再受伤；一半看透了世事的无常淡去了蜚短流长。他无疑是演艺圈的神话，傲立在纷扰的香港，从娇媚的歌星，万众少女情人，到香港当代最忠诚于自己生活方式的演员，张国荣已经成为香港演艺圈永远难以企及的高峰。

他的歌声、他的个性、他的美丽、他的微笑、他银幕上千变万化的形象，都是大众最柔软的回忆。他敢尝试我们忌惮的放纵，他有我们梦寐以求的光环，他特别真心地活着，他也苦恼着我们苦恼的众生脆弱。我们向往着的自由他也向往，他向往的自由，就像歌词里漫漫长路的寻找一样，一样到达不了，所以就奔向了深渊，决定解脱，这是凡夫俗子永难企及的果敢与幸福。

从一个追求生命辉煌的青春男孩，成长为功成名就的男人，尝尽了奋斗的艰辛和名人的无奈。从活在银幕上的、昵称“荣少”的国际大影星，到看惯人间的起起落落、真真假假，活得冷漠而洒脱。人间至纯至真莫过如此。

他红起来的时候，谭咏麟正值当红，许冠杰锋芒不减，罗文声势已衰，梅艳芳刚签约华星，刘德华、叶倩文、林忆莲、陈慧娴、张学友们尚寂寂无名。但他并不快乐，新艺宝唱片公司同无线电视台谈判时，张国荣的唱片合约成了讨价还价的筹码。他觉得自己像一个东西，不是活人。正如《倩女幽魂》里小倩的无奈，生死都被人卖来卖去。

看厌了世俗纷扰的哥哥，在生日晚会上，突然走到一块牌匾前揭开帷幕，显出“张国荣退出歌坛”七个大字，毅然退出歌坛。我们不讨论他离开的理由，但有一点是肯定的，他是一度解脱了的。他开启了一段独居异国的日子，那段时间里，绯闻中伤不曾间断，可他至少可以暂时逃离，像当年躲在兰若寺的燕赤霞一样，栖身兰若，春夏何青青。

可是人啊，躲得开闹市，躲不开人言可畏。他藏在香烟蓝雾里的精气神儿，变得痛苦并且落寞。终于在看客习以为常的某天，哥哥留给全世界去怀念。哥哥是一只不死鸟，生来就没有脚，一辈子不停地飞翔，就停下吧，来生不要再飞来，几万年的叹息，就安息吧。

人鬼情歌成为绝唱，不死鸟虽然停止了飞翔，可《倩女幽魂》这首歌永远留在了人们心中，从未磨灭。至今我们仍然唱着那些滚烫又茫然的词句，修复自己的伤口，虽然会留下疤痕，但我们仍要送好多被禁忌过的深情一朵朵兰若，然后合上皇天后土，道一句，入土为安。

我用一整个青春去爱你

_影 子

接到他来电的时候，我正坐在成都街头，某家热火朝天的火锅店。屏幕上的名字仿佛某种久远的召唤，周围喧嚣的嬉闹渐渐褪去，一声一声的铃声扯得我神经“突突”地跳，似乎在提醒我打开一段尘封已久的记忆。

“喂，”熟悉得不能再熟悉的声音在耳边响起，“你回来了吗？”

我平复了一下心情，尽量平和的回答：“嗯，刚回来没多久。”

“为什么没有告诉我？……你在哪？我来找你吧。”

锅里翻滚的水泡和氤氲的热气弥散开来，模糊了眼睛，回忆如洪水般袭来。

我想，无奈我再如何努力遗忘，无论我走了多远，都不会忘记，那个少年是如何闯入我的生命，如何辉映过我的天空，又是如何惊艳过我的青春。

第一次见面的时候，你从球场上奔跑而来，九月的阳光不那么急躁，正好笼罩在你清瘦的轮廓上。“哇，你平时都打扮得这么‘侠女’吗？”

对吧，并没有太多新意的开场白。但是那个少年逆着阳光奔跑而来的修长身影，像一阵风，吹进我盛放的青春里。

连我都没想到，我们的生活会因为迎新晚会再次交集。在等待彩排的漫长时间里，我们坐在礼堂后排，扯天说地地聊着，从细琐的经历到各自的感悟、观点。

你欣赏我的思维和才华，一如我惊艳于你的学识和修养。

“你的名字很好听。”你说。

其实你的名字，对我来说，亦是美得如同诗的字眼。还有，你真的长得很好看，不过我才不会这么直白地夸你。

后来，我们经常坐在操场的球门旁聊天，小到喜欢的音乐，大到历史哲学，我们乐此不彼地分享着各自的见闻。经常，不知不觉，就到了门禁时间。

我说，我很喜欢《小城大事》。你轻笑：“我以为你这么潇洒的女孩子应该更喜欢《海阔天空》这类歌曲。”

“吻下来，豁出去。”我极其喜爱这句歌词，有烈女般粉身碎骨的勇气，人是越长大越胆小的，所以，那不顾一切，去爱一个人的勇气才显得如此珍贵。

喜欢你的女生很多，你对她们都挺高冷的，独同我一起时有说不完的话，这点让我挺自豪的。

第二年，三月。

我记得那天晚上风很大，大到吹走了操场上低声细语的许多对小情侣。

我第一次张开双臂拥抱了你，埋在你的肩头，风把我的语言吹得支离破碎："其实，我一直都很喜欢你。"

你当时的反应像块木头，傻傻的，眼睛里闪现的欣喜很快被纠结所代替，眉毛拧成一个中国结："你怎么不早点说？"

后来你留言告诉我原因，你说，有些很美好的东西得到就意味着失去，还不如让它永远停留在最美好的时光。

看吧，你这个胆小鬼，我没说错吧，不顾一切去拥抱一个人需要勇气。

不过，当时我还不懂，放弃一个人需要更大的勇气。

之后很长的一段时间了，仿佛赌气似的，我不再与你联系，直至半年后因为社团工作我们又重新坐在了一张饭桌上。你自然而然地坐在我旁边，仿佛一种默契的习惯。

吃饭席间，突然提及过去的某些零星片段，云淡风轻，末了，你无奈地说，我很想念你。

念念不忘，必有回响。

原来所谓的缘分，不过是时间对我们不曾放下的执念的一种回报。

那么，就吻下来，豁出去吧。

能重头开始，跪在教堂说愿意。

秋风夹裹着骤降的气温，雨后的地面反射着路灯柔和的光芒，校园的大道一眼望去显得是那么悠长，好像一生都走不完。

飘落一地的银杏叶在黄色路灯的衬托下越发金黄，满地金色的蝴蝶，很漂亮，我突然很想用相机记录下这样的风景。无论你怎么哄我说，太晚等会儿回不去、今天太累、下次，我执拗地不肯松口。

我必须得承认，有时候我任性到让你抓狂，不过最后投降的都是你。这次也一样。

最后的结果，就是你在寒风中陪了我两个小时最终以感冒收场。

我挺愧疚的。可是，很多风景，错过了就再也等不到了。

第三年。

三月的海风还透露着些微凉意，风里的味道，湿湿的，咸咸的。

我们带了好大一包道具去海边拍照，为了营造唯美的意境你还背了一包花灯，结果，我们居然因为吃饭错过了最佳时间。眼睁睁地看着最后一抹夕阳隐于天边，“怎么办？”我摊手。“不怎么办，把河灯放了呗。”你说。

我的鞋子有些磨脚，你背着我走上礁石，花灯在海浪的衬托下晃晃悠悠地飘向未知的远方，载着青涩的未曾说出口的表白。

你说会永远记住这个夜晚。

你的脸在灯光的朦朦胧胧的笼罩下，没有白天看上去那么有棱角，很温柔，跟这海浪，很像。

你并没有看上去那么成熟，我调戏触碰你的时候，你紧张的样子像是一个未经世事的孩子。那种既开心又躲闪的眼神，足够我在后来很长一段时间里想念好久。

很多时候你都挺孩子气的，会因为游戏把我搁在一边，会执着于对错迟迟不肯跟我道歉。还有，你有个坏毛病，喜欢在看书的时候咬手指，那么好看的手被你啃得坑坑洼洼，每次我都拿这个调侃你：“你是属狗的吗？”

哎，说都说不听。

冬天的第一场大雪似乎在提醒着我们一年又快过去了，我们裹得严严实实唯独手攥在一起，走在开始积雪的路面上。

雪花纷纷扬扬地落在头发上，我突然说：“你说白雪落在头发上，会不会走着走着……” 你停下来，大概是等着我说出一句深情款款的话之后给一个抱抱，“走着走着就到了有米线有罐面的南二食堂，我快冻死啦。”

“你这个智障。”

嘻嘻，其实我是故意不说的，走着走着就到了白头，多烂俗的梗啊，我才不用呢。

你说，以后把最好的都给我。

我觉得你确实也做到了。

其实少年时坚定而认真的承诺，并不能带来什么，但是许愿时那熠熠发光的眼睛，却值得用一生去珍藏。

一次海边有人在拍婚纱照，你说，我们也去拍吧。

我故作紧张，这种照片怎么能随便拍。

没想到你居然当真了，认真地想了一会儿，你说，那行，留到以后吧。

以后以后，很久很久，这个心愿就这样被搁浅在了沙滩上。

“能重头开始，跪在教堂说愿意。

再回头，你不许，

如曾经不登对，你何以双眼好像流泪。”

在一次激烈的争吵之后，一向云淡风轻的你突然哽咽了，你说你不是我最好的归宿，在可预见的未来中几乎很难看到有交集的生活。

我无法反驳，因为你说得对。

成长轨迹的差异，似乎从一开始就决定了青春时代的爱情，只能无疾而终。一个人猝不及防地闯进你肆意盛开的青春，留下一些刻骨铭心的成长，最终留下一个离去的背影。

临别前几天，偌大的图书馆空空荡荡，你半开玩笑地说，以后再没人陪你上自习了。

……

“珍重。”

“珍重。”

后来，我一个人走了很长很长的路，穿行在异国他乡的各个城市。在别人的故事中寻找着自己的痕迹，一程又一程。都说人是种健忘的动物，我想这话不全对，否则午夜梦回的时候，突然闯进脑海的身影又是什么呢？

有人说，卑微不过感情，薄凉不过人心。但我却觉得，所有的遗憾都会留下一处完美的缺口，所有的悲伤亦藏着欢乐的影子。在幽深绝望的山谷里，总有一线阳光冲破黑暗而来。

随着年岁的增长，我似乎看淡了许多东西 ，不再执着于对错，极少流露出过分的喜欢或讨厌，身边陪伴着几个平淡真实的朋友。但是某些相似的瞬间，会突然把回忆豁开一条细小的口子，尤其是在起风落叶满地金黄的时候，我依然会想起你。

我想，这就是你不可替代的原因。时间真的是个好东西，它会磨平过去的棱角，那些温暖的记忆依然温暖，而那些离去时决绝的背影，在岁月的浸泡下也变得柔和起来。

我时常在思索，既然人生是一个不断拥有再不断失去的过程，那什么东西才会永恒呢？我想应该是永恒的距离，距离引导着追求。正如真爱的遥不可及，才会引导着人们永远追求真爱。

世间好物不易得。

所以，在爱的道路上，最美的不是重逢或离开，而是带着温暖与希望，永恒地祈祷着。

第六年，我想我仍是喜欢你的。

但是，我还是要说，

再见，少年。

青春仿佛因我爱你开始，却令我看破爱这个字……

我不愿做 K 歌之王，只愿你爱我

_骨精灵 98

1，2，3

“歌声响起，我的心一颤。”

4，5，6，7

“好像淡黄色的书桌，各色的背包在雨中淋漓，路上有清新的栀子花香。”

8，9，10

“我闭上眼睛感受到霓光，来自日暮，来自酒杯的斟酌。”

11，12

“天边飞过灰色的群雁，你抬头用隐约的双眸看着我。”

前曲 12 秒，像是一场劫。

最后一次听他唱这首歌，是 2014 年的夏天。我们三十几人坐在 KTV 里，玩手机的玩手机，聊天的聊天。他将小沙发移到屏幕前，然后唱：

“我唱得不够动人，你别皱眉，

我愿意和你，约定至死，

我只想嬉戏唱游，到下世纪，

请你别嫌我将这煽情奉献给你。”

不是动听的，也不是深情的。蹩脚的粤语和模仿粗劣的动作。他是几乎带着冲动嘶吼的，时不时举起啤酒一饮而尽。

我坐在KTV最中央的位置，听着伴奏响起，原本颓在沙发上的身子前倾，托着下巴牢牢盯着屏幕。

那一刻宛如一个电影长镜头，周围人物的色彩、声响全部隐去模糊羽化，我的目光深长，像一片海，只愿他浸没。

“你怎么竟然说K歌之王，

是我，

我只想跟你未来，浸在爱河。

而你那呵欠绝得不能绝，

绝到溶掉我。”

唱完这首歌后我们散场，在这人群散去后窄小的出租车里他开始感到不适——那是过度饮酒的结果。我和他坐在后排，隔着中间的位置。他表情凝重，慢慢紧闭起双眼，过了一会儿，右手抓住了我淡蓝色的外套。

彼时我并不知道他是因为不适才如此，我多情地以为，那是一种依赖或暧昧的表现，于是我把他的手甩开，扭头看向窗外。

到达目的地的时候，他歪歪扭扭摔下来车，在地上吐成一片，我看着他突然眼眶就红了，赶紧把包里的餐巾纸递给他，我蹲在他面前轻轻拍他的背。

我的裙子就这样拖在地上，蓝底白花，地上的灰尘没过花朵。

夏风吹起的时候，我觉得好像时光倒回一般。

2012 年

我和他斜前后桌坐着，对角线的位置，偶尔他一回头就能看到我。

我该如何形容那种懵懂的心情，那份年少的情愫。

五月的花海和六月的星夜。

斑斓得像是哥特式教堂的七彩琉璃，

纯粹得像是枝丫下一滴蜜色的琥珀。

也许是一场电影之后，一次下课的打闹之后，一次怦然心动的牵手之后，或者仅仅是当他进入我的视线之后。

他小心翼翼地把右边的耳机塞到我的耳朵里，我们听《K 歌之王》，单曲循环。我极力找到那些歌曲伴奏的留白处和他聊一两句不重要的话，剩余的时间我们各自沉默，我和他都听得很认真很用力，仿佛要把这世界纳入囊中一般。

我这样和他一样喜欢着同一首歌，时而笑着听他略微跑调的哼腔。

年轻的时候喜欢一个人哪想着那么多，哪里非要有千百个共同爱好，有千万本书或者电影衍生出来的共同话题才算性格契合。

仅仅一首歌，就是默契了。

2013 年

那是分别的开始。

我们开始有了不一样的目的地，5：30，我从灰色泛蓝的天空下走过，一如划过苍穹的孤鸟，落寞孤独。我静静地站在站口，目光没有焦距地注视远方，身旁不怎么熟的学长向我打招呼，我笑笑，于是那声音浮在空气里，有些尴尬的，像是无人注意的泡泡，悬浮一番后自己破成彩虹。

坐上校车之后我插上耳机，坐在靠窗的位置，看不熟悉的风景慢慢往后退，新奇又感动，忙不迭想要挤进新生活，却又想拉进旧人。

依然是陈奕迅的《K 歌之王》。

单曲循环，温润的粤语：

“谁人又相信一世一生这肤浅对白，

来吧送给你叫几百万人流泪过的歌，

如从未听过誓言如幸福摩天轮，

才令我因你要呼天叫地爱爱爱爱那么多。”

这个小城的霓虹灯并不多，然而在夜里还是鬼魅艳丽，从学校到家整整30分钟，望见了山川白塔，望见了高楼大厦，望见了街角酒吧。

我听着歌，想着你，仿佛这些风景里也有了你的身影。记忆大概真的可以重叠，不然为何我总恍惚以为你坐在我身边。把右边的耳机塞到我的耳朵里，然后我们一同看着窗外风景，还有夜色里玻璃窗倒映出的面孔。

这一场故事里，我们欢喜着互相在对方心里留下印记，然后你又匆匆离去。也许是我反射弧太长，或者总沉溺过去，我还是这样钟情你，好久好久，在你不曾知晓的年月日里。

有时候泪流满面，有时候短暂欣喜。

害怕这一生太长，长到你的经历会让我心痛。

你看，年轻的时候我们就是这样，以为一生便就是如此了，以为这深情就这样不朽了，以为这心酸伤痛便是生命至极了。

我还依旧听那一首歌，单曲循环，听到泪流然后换歌。

就像那次我逃了课去你的学校，我站在你们班门外一个劲地喊你的名字，看着你的背影始终朝向我，却不曾回头，而后我才知晓那不是你。我一直睁着模糊的双眼在你的世界游走，我的每一步都不知所措，我总以为我看见的就是真实的，我能感受的就是真实的，我从没想过怀疑。可能我从来都只生活在我的幻想里，想你想起我，想你在乎我，我的每一寸声音都是自我的呢喃，从不是人尽皆知的呐喊。

我们被距离隔开得越来越远，远到我与你不再有可能，不再因那些暧昧的词汇而幻想，心动。说来可笑，我心中一直守着一片净土，氤氲记忆里无数个你的脸庞，无奈时光苍茫。

我只是还未有勇气收拾戎装，踏上新的旅程。

我仍然思念。

2016 年

他回到这个小城已是夏至时分，而且时隔三年，又是一个分别的季节。他跨过大洋回到这里，这里风景依旧，他也和原来一样与我在社交网络上打趣。我在为学业繁忙，希望一切尘埃落定后过一个轻松的假期，他则早已摆脱这些束缚，只身一人，一副看透了大千世界的模样。

他讲的话貌似深沉，谈及人生，谈及未来。

只是，如果实现人生价值的方式不一样，又为何一定要我们抵达同样的终点？

他说得在理，让我一时相信这个男子早已经规划好未来，早已经功成名就，万人之上。只是回头一想，我如此地热爱我所拥有的，我所追求的，又何必因他的话而自卑神伤呢？

那时候我多想说一句：

你别讲了，你讲的还不如唱的好听呢。

讽刺意味浓重，却又带着娇嗔。

我感慨，三四年前，他不过是个沉迷篮球的男孩，成绩一般，却仍旧雄心壮志想要上一所好的学校。那时候学业几乎占据我们全部的生活，我们在那些如阴翳般的时光里找到星星点点的美好，我们靠得那样近，身旁一样穿着肥大校服的少男少女，彼时还没有那么多的差别。

那时候我们自发地爱一首歌，纯粹无比，热血都浸注在那歌声里。如今我这样隔着手机对他的看法表示认可，内心却有太多不满，可我不愿与他争辩。

我尊重他的价值观，因为我温情地怀念那个少年，但却是怀念，不是喜爱了。

我清楚得很，我们终将走上不一样的道路。原来这成长那么快，几次响铃，几场考试，几个学年，我仿佛已能在他身上看到白驹过隙，看到十年后，看到更远的未来，那是之前在那个穿着校服摆弄着发型的男生身上，我从未看到过的。

他会是一个在世俗场里，挥霍青春和资本，如鱼得水的男子。无论他会成为怎样的人，我又会成为怎样的人，我们的生命会不会不再有交集，又会不会陌生到说不出话？这一刻我只想知道：

他是不是还喝着那一杯茴香白兰地？

是不是还钟情于那首歌？

“如从未听过誓言如幸福摩天轮，
才令我因你要呼天叫地爱爱爱爱那么多。
将我漫天心血一一抛到银河，
谁是垃圾谁不舍我难过，分一丁目赠我。
我唱出心里话时眼泪会流，
要是怕难过，抱住我手，
我只得千语万言，放在你心，
比渴望地老天荒更简单未算罕有。”

在这场故事里我从来不是他的主角，他，则是随岁月流逝，四季更迭，由主角退到配角，再在我生命的剧场里杀青。

想起来总应该是我来唱这首歌，唱的是歌词，实际却是告白，而他坐在那里听：

“你怎么竟然说K歌之王，
是我，
我只想跟你未来，浸在爱河。
而你那呵欠绝得不能绝，
绝到溶掉我。”

那年单车和我的故事

_舞 憩

那是我和C男生在一起过的第一个春节，他帮我装好了家门口的红灯笼，从梯子下来，拍了拍手上的灰，和我说：“以后这类事情都我替你做吧！”老爸在一旁连说“谢谢”，我友好地回了一个笑脸，但心里想的是，以后我自己来。

不是矫情，只是从小，我就希望自己是个男孩，理由很简单，可以给老爸帮忙做很多事。

从初中开始，我所有的征文投稿、演讲题目都和父亲有关，就连第一次恋爱，和C男生在一起也是一首和父亲有关的歌曲《单车》。刚开始，我们总是分享彼此喜欢的歌手、喜欢的事物和理想中的世界。他喜欢陈奕迅，几乎每首歌都会唱，搜集了专辑，梦想有一天能够看一场陈奕迅的演唱会。他的手机常常单曲循环着一首《单车》，他说这首歌有所有他想和父亲说的话，只是从未说出口，但他努力去做到。

歌词是这样的：

“你爱我爱多些，
让我朝他走得坚壮些。”

后来才知道C男生和他父亲的故事，在他很小的时候，父亲就外出打工，一年回来一次，每次回来几天又急匆匆走了。很多次C男生都想和自己的父亲说：我长大了，你可以不用再去打工了，我可以给你买你爱抽的香烟，给你买你喜欢喝的酒……慢慢地我觉得，爱老爸的孩子应该不会太差，不久便和C男生在一起了。

我的父亲，我喜欢叫他“老爸”“老爹”“老人家”。老爸开了几十年的车，我的童年里几乎所有的故事都和他、和他的车有关。在很小的时候，任性、执拗让我对这位“老人家”并不是很好。那是一次坐单车的经历。

孩子总是贪玩，不顾风雨，就算台风天来了也无任何恐慌，住在沿海的小城里，台风对于这儿的居民而言是家常便饭。但那一次我发现自己错了。

在爷爷奶奶家里吃过了晚饭，刚放下筷子就看到一阵风刮起雨，天瞬间阴暗，这时候我才有些害怕，有些哭腔地对奶奶说：“我想回家。”这时候座机电话开始打不通，急得我直哭，生怕回不了家。可能每个孩子都觉得无论发生什么，也无论别人对自己多好，家才是最安全的。

眼看风越来越大，小心脏有些受不了。后来发生的一切就像超人归来，只是这个超人是老爸，他骑着的是一辆破旧的单车，一句厉声呵斥后，我只好委屈地坐在车后座上，尽管有雨披，也浑身湿透了。

自己的家和奶奶的家一个在街头一个在街尾，挺长的一段距离，在台风天的这时候显得更长，我们只好在半路下车先躲避一阵，因为我在后座上害怕得直哭喊，这也让老爸吓坏了。

他停好了车，一边抖了抖雨披，一边给我擦身上的雨水，奇怪的是我一下子就不哭了。等雨小了一些，老爸一把把我抱上车后座，帮我穿好雨披，稳稳当当地把我载回家，没有任何批评。长大后听很多人说，以后嫁人要嫁给像爸爸这样的男人，也许就是因为老爸为了女儿可以很暖很帅。

但是那次的单车经历成为我儿时的阴影，内心无比愧疚。

印象中，小时候老爸偶尔送我上学，和我一起吃早餐，我吃不完的他都吃，送我到校门口他只有一句话："认真点啊！"每次放学我都希望遇到父亲的公交车，我可以不用买票，坐在最前边。父亲开着最破的车，他还是和我有说有笑，那时我不会介意也不会心疼他为了赚更多钱而开着车队里最破的车，只知道和他一起下班是我最开心的事。爷爷去世前的几个月，父亲和我一同去看望，父亲替爷爷刮胡子，老人哭了，可我和父亲却觉得很幸福。

再长大一些，记忆中老爸很少回家，他开始不断不断不断地跑车，去外地，走高速，直到一次经历了很严重的车祸，他不再出差，成为小城里一名公交车司机。也从那时候开始，家里的经济条件慢慢变差，出院后的很长一段时间里，他都拼了命地工作，印象中别人一天工作

8 个小时，老爸却总是超过 12 个小时。

不知道从什么时候开始常常会因为看到老爸工作时候的样子掉眼泪。

他早上早早去开包车，接着就马上开公交车。现在的他，常常会觉得眼睛有些酸痛，轻轻地闭一会儿再张开，工作时间长了之后脊椎也有了损伤。有一次他耸了耸肩，发出咯吱咯吱的声音，我笑着问他："累啦？很快下班了！"老爸眯着眼睛，一副倦容，尽管车内光线很柔和却将他的脸庞显现得格外的消瘦，脸颊是深陷进去的，颧骨突出，在画家的眼里这也许是一副很好的肖像模型，但这一次看父亲，觉得他老了，累了。天晚了，老爸想睡了，他的眼神不再像年轻时坚定有神。

这么多年了，他一直开着公交车，几乎 365 天都是早上 5 点多出门，晚上 11 点回来，春夏秋冬都是如此，妈妈有时候和我开玩笑说："你爸就是闹钟。"十年前，父亲 38 岁，在车队里大伙都叫他"铁人"。

那时候并不会因为这些称呼太在意，倒觉得这是对父亲的称赞。是，这是一种称赞，但在今天每次想到这个称呼我都觉得心里绞着疼。同事说老爸从来不会请假，只要有人让他替班他从来不拒绝，家里的日历上满满都是他下班回来画的圈，记的班次。

他很少买衣服，夏天还是穿着冬天的厚厚的牛仔裤，实在热就把裤脚挽上，可冬天的时候永远只有薄薄的白衬衫系着领带，披着一件外套，不管天气多冷。身上的一件休闲衬衣是伯父十几年前穿过给父亲的，这次回家又见他穿，我想都没想就朝他奔出一句说："老爹，这件衣服你还穿呢？！”他笑笑又拿了钥匙上班去了，我突然有点害怕，我觉得我说错话了，晚上我在自己的房间躲被窝里哭了很久。

后来上了大学，和老爸在一块的时间更少了。一次回学校时因为台风临时改签，他向公司请假找别人代班送我到火车站。检票进站，我拖着行李到了站台上，在上车前五分钟，突然在人群里看见对面站台的栅栏外父亲向我挥手，我也朝他挥了挥手。

他总是担心我，担心我一个人出门。

不知道父亲是从哪儿爬到那个可以看见我的地方的，站台上的人看着对面站着的父亲应该会觉得很奇怪。旁边的一位阿姨看到说：“你爸爸啊？”我点了点头，就不敢抬起头来，我怕别人看见我的眼泪。

曾经发了一条空间状态说：“不要给自己压力太大。”评论里满是同学朋友给的鼓励。说没有压力是假的，说会让自己减少压力也是假的，那些评论我没有一一回复。

在上大学前奶奶和我说了一句话，老人家没有太多的嘱咐，唯一一句就是：“到学校省点花，你爸那么省，都是为你！”我记着。每个人都有不同的承受眼前事实的能力，有人选择哭泣，有人选择沉默，但面对父亲，我选择表达和行动。

初二的时候校报上登了一篇我写父亲的文章，许多年过去，我庆幸自己依然懂得感恩，依然念想着父亲和家，依然享受着父亲给的幸福。父亲从来没有表扬过我，他只是会在生活上批评我不像男孩那样能干、学习上叮嘱我要认真努力。

但突然有一天，我忘记是什么时候，一家人在客厅聊天，小姨开玩笑地对父亲说："你女儿很乖啊，以后你就有福啦！"父亲看着电视，笑了笑，但随后很认真地说了一句："她很乖。"说句心里话，父亲的这句话我会记着一辈子。

大学临近毕业时，我和实习公司请了一周假，用仅有的工资给爸妈、外婆买了机票，从福建到上海玩。在车站接到他们的一瞬间，突然特别想哭，心里的感觉五味杂陈：觉得自己长大了？好像不是；觉得他们不容易？好像也不是；觉得开心？有那么一些。

至少十年，爸妈没有离开家乡半步，那次他们送我上学来过一次上海，这是唯一一次他们离开家，但只是帮我整理宿舍第二天又匆忙赶回家上班。这次终于有机会带他们游上海，这个在他们二十岁年纪来过的地方。

每到一个旅游景区，他们都会说和二十年前的时候不一样，老爸依然记得有一个地方叫作"大木桥路"，记得在"肇家浜路"的一个小弄堂里有一位老婆婆，很好的一个人。"以前，我们拉货都是这个老婆婆帮我们开门，那时候她就很老了，现在估计已经不在了。"看着老爸回忆起这些事情，心里有一种心酸。

转眼间我已是二十几岁的大姑娘，刚刚学会关心家人，却发现他们慢慢老了。现在，长大的我选择在远方打拼，只是想让老爸不那么累，这个家由我来拼。

习惯失恋十年，我等你

_徐 明

“我从没想过，
这漫长的十年，
在同一个人身上，
学会了习惯失恋。”

1

2016年，盛夏。

进入夏天以后，我被突如其来的孤独感笼罩。

这份孤独感像一个巨大透明隐形的泡泡，覆盖我整个人，如影随形、寸步不离地跟着我移动。

透明隐形，看不见它，只是能强烈感受到它。

每天早上，叫醒我的不是手机闹铃，是沉默不语，骚动的寂寞。

掀开棉被，它为我保守秘密，昨晚入夜散落床上，辗转的睡梦呢喃。喝过一杯白开水，如常冲澡洗漱，梳理后便出门。行色匆匆快步走在捷运站台，拼了命挤进满是上班族的车厢。置身其中，我是人群中万分之一的渺小，怅然若失却是那么立体、那样咄咄逼人。

维持了一段时间，没由来的空洞。

捷运行驶、停靠、摇晃，乘客在跌倒与站稳之间摆荡。如同每个通勤上班的早晨，我面无表情握着手杆伫立，没特别想什么，耳机不停流转，随机播送的音乐。

上一首唱毕，歌曲切换之间，捷运疾速行驶声响在耳边吱吱叫，有点尖锐。

歌曲切换完成，外在的声音倏然退去。

这首歌，不费吹灰之力，刺穿了这阵子的空洞、寂寞、孤独。

它一下就流畅地缝合，所有患得患失。

好久没听见的《习惯失恋》，字句穿心带点疼。

是我自以为是，说我们不要再联络了。

这阵子的突然孤独，是因为我想你了。

2

2015年12月31日，终结。

我估计你不会回复我的短讯。其实，我决心要一个了断。

“这不是爱情。这种模糊不清，让人无所适从。告诉我，在一起，或不要再联络。”三天前，我给你发了这则短讯。

好不好，我们就这么决断?

你必定读了短讯，没有响应我是预料到，也早已习惯。

十年以来，断与不断之间，靠近和疏离之间，我你爱情友情之间，始终没有点明说破。我想要一个明确的结局，而你始终耽溺于不放手的犹豫。

我未曾想过，失恋同一个人，纠缠一个十年。

“想不起，
被爱是如何温暖。
想不通，
未够资格使你心软。”

依恋你再多，我已经忘记，被我拥入怀里，靠在我肩上，那个说爱我的你。

我想要，终结这种孤单爱你的爱情。

3

2016 年，初夏。

是我自以为是，先提出从此不要再联络。

我放不掉，同样你的不舍，都是一路走来的困扰。

既然我们相爱，却无法抵达相爱的目的地，总要有人，那个是我，开口说再也不见。

如有万分之一的迟疑，我是说你。

我给的最后温柔，不是华丽的大方，冠冕堂皇的祝福。

而是，我们不要再联络了。

是我自以为是，如果我不主动砍断，我将一直是你内心幽微地方一处愧疚。

你够狠心转身，我也能死心离去。

2015 年最后一天，你没回我，在一起或不再联络，我当作你残忍挥剑。

拥挤在鱼贯人群捷运车厢里，陌生人之间靠近得那么被迫。我跟你之间比陌生人还不如。我用你给的残忍，摆脱我们之间十年的纠缠不清。

“相恋一刻只是我的侥幸，
然而回头诚实去自问，
我可讨厌到如此乞你憎。”

跟你相爱那么短，付出的思念这么长。究竟是我不放手，还是你习惯了我的痴心而不够狠绝，而留恋?

不要给我愧疚。

如果你对我愧疚多于爱情和思念，那只是在羞辱我罢了。

4

2002 年，相遇之前。

她发行《我的骄傲》专辑时是 2003 年，我们相遇的前两年。

里头有首歌，觉得动听，有段时间很喜欢，也再没多想什么。十四年后，这首由林夕填词、容祖儿唱的歌曲，冷不防锋利地刺穿了我。

2002 年，我们都还没来到台北。

命运不会告诉你任何线索。它安排了两年后的夏天，让我们在大学相遇。我做了弹着吉他唱情歌的蠢事，你陶醉其中；我也做了星空下亲吻你的唇的事，那是眩目星光底下彼此的初吻。

始料未及的是，爱情这门课，穿插着命运，伏笔了长达十年的分手复合和无尽思念的戏码。

5

2005 年，分手而未曾放手。

“我们以后还是好朋友。”你传给我这封短讯。

刘若英曾在书里写，在一起是两个人的决定，分开则是单方面的宣布。

在喜欢的人面前，可以卑微到什么程度，甚至情不自禁的自卑。我深切领略，大概是我不够好。

我不是那个让你安心停靠的男生。你在穿梭别的爱情之间，忘了有一只手，没有真正放开，那是我的左手。

你每一段的恋爱，都是我的失恋。

眼睁睁目睹你爱别人，我恨我的双脚，没有离开的意思；我恨我的眼睛，全神贯注看着你，怕你随时转身可能回头要找我。

“从前为何缠在你附近，
你不寂寞便嫌我笨。”

是不是我不够好？傻愣愣地守护着，是你舍不得我的优点。

你从未放掉我。

我也是。

6

2007 年，复合的夏天。

“爱人难，我肯学，
定能爱下去。”

以为肯学，我们便能安稳在爱情里头。

柏拉图有个说法，爱情是流浪人间的半身。每个男人女人每一个人，都不是完整的人，都在寻找另一半结合成一个完整的人。

我不再寻觅，既然已经认定你，你就是另一个我的半身。

抱着你入睡，我的心，安稳得平静。

早晨的河流微微荡漾、波光粼粼，美得就像呼吸均匀，躺在我胸口的你。

你是我爱情最难修的课。

抱着你我没有退缩，我想就这样爱你一辈子。

我学着爱你。

没问你，你懂不懂爱人，懂不懂爱我和我的爱。

7

2008 年，放不了你在心底。

“你会找到一个比我更好的人。”你说。

我爱你，不想去爱别人。这话我没说出口。似乎，说明我给你的爱，会让你不胜负荷。

命运到底想怎样？我们若不是对的人，却在不对的时间相遇，唯一的解释，就是它在耍我。

你需要周旋多少男人以后，才明白我一直都在。

握着你的右手，缓缓放在我的左胸口心脏处，我跟你说：“你被我放在这里，一直住在我心里。”

没有你的日子，你在心口上。我过得寂寞，却不孤独。

我怕我看得透彻太早，在你明白之前，一切终将徒劳无功。

你推开我，要我去找一个比你更好的人。

如果我可以，我何必一直留恋于你。

我最痛恨，你把我推开。

同时我贪恋，推开之际，你仍然抓着我的领口未曾松手。

8

2015 年，最后一个夏天。

三年前的 2012 年，你带着行李，逃到我亮着橘黄灯光照耀下的老旧公寓。

情伤的你，我把眼泪搜集起来，让你离开时候，带着微笑走。

我并不陶醉扮演伟大情圣。

不厌其烦，你叫我去找一个比你更好的人。多么讽刺的是，如果我可以，这些年你到哪里找我一次一次依靠？

“何必受罪，

心即使碎一碎，

我仍能继续追。”

我追着你到 2015 年，我们最后一次见面的夏天。

我们的十年。

你第一次说抱歉，第一次说不要再爱你，第一次说你想念每次爱你的我。

你矛盾得撕心裂肺，每一个字句落入我心底都是伤痕。

十年，我更成熟了。但你并没有奋不顾身，放心爱上这样的我。

不能勉强你。我习惯了你的爱与不够爱。

一直在追着你跑，我的爱情除了你，装载不下其他人。

你还有多少试炼我不知道，轮不到我管理。

我想要和你决断。

今年倒数的最后三天，传了一则短讯给你：在一起，或不再联络。

你没有回复。

你连一个答案都给不了。

我又怎么能够放任自己，痴心妄想你是否爱我，如我爱你那般。

9

2016 年，再，也不见。

“不担心，自尊心这么受损，

只担心，我将我看穿。

我怕我，以后太习惯了失恋。”

握着捷运车厢的扶手，摇晃之间，我在想你。

承认了想你，解释了这段日子以来的孤独感。

《习惯失恋》被设定成单曲循环播放。就像这十年在一起或分开时候，我对你想念的循环播放。

说好不再联络，却窝囊地先投降，先念着你。

在，也不再，再见。

即使都在同一个城市，我们同在，也不再，再见。

谁刻意躲避?

没有。命运的考验它乐在其中。

十年来，我无法走出爱你。

地球上人太多，生命何其有限，我的爱情修炼只是你。除了你，我爱上不了谁。

太晚懂得数千年前，曾有人就写下：深情不滞情。

在你身上学会失恋的同时，我也学会如何爱一个人。

古人没说，滞情是因为笃定不移。

我早已失去爱人的能力。

从未想过，爱你就够。

习惯失恋，我填入一个句点。每一回的失恋，都代表我们分分合合、暧昧不清、藕断丝连、断与不断之间。

我承认，十年来去，我无药可救，始终爱你。

即使我故作洒脱开口说，我们再也不联络。也只是为了使你搁下后顾之忧，走往前面放下抓紧不舍放手我的领口。

从没想过，漫长十年，我愈来愈明白，就是你。

我无法勉强你，勉强你对我付与爱情。

很多人都说，谈一场新的恋爱就是一场治疗。

爱情转移，就是痛恨依赖着新的甜蜜，借此冲淡隐隐作痛，沉醉新的爱恋而淡化伤口，抚平结痂，无痕伤痕。

“愿那一刻共聚，
懂得怎去相爱。”

我习惯失恋于你。在你面前，我于是习惯徘徊爱与灰心之间。

十年，以前或以后，我等你。

你推开我，你以为我不想爱别的女人？

爱情给了我仅有的一题。

你是，今生爱情考卷上的题目。

10

2016 年 8 月，下一个十年。

下一个十年，我等你。

由始至终，与你相爱是我的侥幸。

你不懂，是我自以为是说不再联络。

我还在想你。

但愿下一个十年，我们的侥幸，终将连成一线。

捷运车厢内鱼贯拥挤，一张张陌生的脸，《习惯失恋》穿刺耳膜。

对于一张脸的印象，需要费尽多少时间才能模糊？这当中，要换取多少落单寂寞不足外人道？

“下一个十年，我不会再躲你。”我们最后一通电话，你这么说。

在你的额头上，我烙印一个亲吻。凭借这点，你会找到我。

我在等你，这次换你，来找我。

再联络，今生我们都别放手。

我会紧握着你，一个两个三个四个五个十年，习惯爱着你。

图书在版编目（CIP）数据

我用一整个青春去爱你：每个人心中都有一首粤语歌 / 淘漉音乐主编 . -- 北京：北京联合出版公司，2017.1

ISBN 978-7-5502-9438-7

Ⅰ．①我… Ⅱ．①淘… Ⅲ．①散文集—中国—当代Ⅳ．① I267

中国版本图书馆 CIP 数据核字 (2016) 第 305178 号

我用一整个青春去爱你：每个人心中都有一首粤语歌

主　　编：淘漉音乐
出　　品：杨　颖
监　　制：乔　迦
责任编辑：崔保华
特约编辑：杨孟子

北京联合出版公司出版
（北京市西城区德外大街 83 号楼 9 层 100088）
北京联合天畅发行公司发行
北京汇瑞嘉合文化发展有限公司　新华书店经销
字数 179 千字　880mm×1230mm　1/32　8.5 印张
2017 年 3 月第 1 版　2017 年 3 月第 1 次印刷
ISBN 978-7-5502-9438-7
定价：39.80 元